外国人のための日本語 例文・問題シリーズ 3

動　　　　詞

岩岡　登代子
岡本　きはみ
共著

日本荒竹出版授權
鴻儒堂出版社發行

監修者の言葉

このシリーズは、日本国内はもとより、欧米、アジア、オーストラリア、中国、韓国などで、長年、日本語教育にたずさわってきた教師四十二名が、言語理論をどのように教育の現場に活かすかという観点から、アイデアを持ち寄ってできたものです。私達は、日本語を教えている現職の先生方に使っていただくだけでなく、同時に、中・上級レベルの学生の復習用にも使えるものを作るように努力しました。

このシリーズの主な目的は、「例文・問題シリーズ」という副題からも明らかなように、学生には、今まで習得した日本語の総復習と自己診断のためのお手本を、教師の方々には、教室で即戦力となる例文と問題を提供することにあります。既存の言語理論および日本語文法に関する諸学者の識見を無視せず、むしろ、それを現場へ応用するという姿勢を忘れなかったという点で、ある意味で、これは教則本的実用文法シリーズと言えるかと思います。

従来、文部省で認められてきた十品詞論は、古典文法論ではともかく、現代日本語の分析には不充分であることは、日本語教師なら、だれでも知っています。そこで、このシリーズでは、自立語では、動詞、イ形容詞、ナ形容詞、名詞、副詞、接続詞、数詞、間投詞、コ・ソ・ア・ド指示詞の九品詞、付属語では、接頭辞、接尾辞、(ダ・デス、マス指示詞を含む)助動詞、形式名詞、助詞、助数詞の六品詞の、全部で十五に分類しました。さらに細かい各品詞の意味論的・統語論的な分類については、各巻の執筆者の判断にまかせました。

また、活用の形についても、未然・連用・終止・連体・仮定・命令の六形でなく、動詞、形容詞とともに、十一形の体系を採用しました。そのため、動詞は活用形によって、u動詞、ru動詞、行く動詞、来る動詞、する動詞、の五種類に分けられることになります。活用形への考慮が必要な巻では、巻頭に活用の形式を詳述してあります。

シリーズ全体にわたって、例文に使う漢字は常用漢字の範囲内にとどめるよう努めました。項目によっては、適宜、外国語で説明を加えた場合もありますが、説明はできるだけ日本語でするように心がけました。

教室で使っていただく際の便宜を考えて、解答は別冊にしました。また、この種の文法シリーズでは、各巻とも内容に重複は避けられない問題ですから、読者の便宜を考慮し、秋草短大の浅山佳郎氏に御協力をお願いして、別巻として総索引を加えました。

私達の職歴は、青山学院、獨協、学習院、恵泉女学園、上智、慶應、ICU、名古屋、南山、早稲田、国立国語研究所、国際学友会日本語学校、日米会話学院、コロンビア大、アイオワ大、朝日カルチャーセンター、アリゾナ大、イリノイ大、メリーランド大、ミシガン大、ミドルベリー大、ペンシルベニア大、スタンフォード大、ワシントン大、ウィスコンシン大、アメリカ・カナダ十一大学連合日本研究センター、オーストラリア国立大、ロンドン大学と多様ですが、日本語教師としての連帯感と、日本語を勉強する諸外国の学生の役に立ちたいという使命感から、このプロジェクトを通じて協力してきました。

国内だけでなく、海外在住の著者の方々とも連絡をとる必要から、名柄が「まとめ役」をいたしましたが、たわむれに、私達全員の「外国語としての日本語」歴を合計したところ、580年以上にも及びました。この600年近くの経験が、このシリーズを使っていただく皆様に、いたずらな「馬齢の積み重ね」に感じられないだけの業績になっていればいいがというのが、私達一同の願いです。

このシリーズをお使いいただいて、Two heads are better than one.（三人寄れば文殊の知恵）とお感じになるか、それとも、Too many cooks spoil the broth.（船頭多くして船山に登る）とお感じになったか、率直な御意見をお聞かせいただければと願っています。

この出版を通じて、荒竹三郎先生に大変お世話になりましたことを、特筆して感謝したいと思います。

一九九三年　夏

ミシガン大学名誉教授
上智大学比較文化学部教授
名柄　迪

はしがき

動詞は名詞・形容詞とともに、日本語の中でもっとも重要な品詞であり、日本語を用いたコミュニケーションに不可欠な道具である。そのことは、日本語の構造を概観すれば、よく分かる。例えば、日本語は…Subject（主語）＋Object（目的語・補語）＋Verb（述語動詞）言語だと言われるが、「ちょっと。」「あの。」などの不完全な文を除いて、完成文中では、これらの3基本要素の中、述部だけが、不可欠な要素になっている。例えば、「待って」「駄目だ」とか「行った?」などの文は述部だけで一文を構成している。この述部を構成するもっとも重要な品詞が「動詞を含めた用言」である。そのためでもあろうが、動詞は社会環境の変化によって、意味や用途が多様化したり、他の品詞との融合や語彙の新旧交代が激しい品詞である。

外国語としての日本語動詞の用例に関する参考資料として、様々な初級教科書の外に以下のものがある。

①Samuel Martin, *Reference Grammer of Japanese* (New Haven, Conn., Yale Univ. Rress. 1975)
②Seiichi Makino, Michio Tsutsui, *A Dictionary of Japanese Grammer* (Tokyo, the Japan Times, 1986)
③Yoko McClain, *Handbook of Modern Japanese Grammer*（口語日本文法便覧）(Tokyo, The Hokuseido Press, 1981)
④寺村秀夫『日本語のシンタックスと意味Ⅰ・Ⅱ・Ⅲ』（東京、くろしお出版、一九八四、一九九一）

⑤柴田武、他『ことばの意味Ⅰ・Ⅱ・Ⅲ』（東京、平凡社、一九七六、一九八二）
⑥森田良行『基礎日本語辞典』（東京、角川書店、一九八四）
⑦『外国人のための基本語用例辞典』（東京、文化庁、一九七一）
⑧『日本語基本動詞用法辞典』（東京、大修館書店、一九八九）

日本語学習者の練習に役立つような学習参考書としては、
①砂川有里子「する・した・している」、寺村秀夫編『日本語文法セルフ・マスター・シリーズ2』（東京、くろしお出版、一九八六）
②文化庁企画ビデオ教材、『おばあさん、とつぜんかえる……している、してある、しておく……』（東京、インターコミュニケーション、一九七二）
③国立国語研究所企画『日本語教育映画基礎編4、5、9、11、12、14、15、16、17、24、25、26、27、28、29、30』
④三浦昭『初級ドリルの作り方』（東京、凡人社、一九八三）

ぐらいしかなく、すべて初級レベルの学習者を対象にしている。

本書の目標は、中上級の学習者に、これまで、いろいろ、疑問とされてきた日本語動詞の意味上の差異をはっきり認識させると同時に、それらを正確に、使用できるように習得する機会を与えることにある。

本シリーズの第四巻で「複合動詞」、第十巻で「敬語」の意味用法は紹介してある。

本書では単独動詞の意味用例とそれに基づいた練習問題を扱うのが目的であるので、項目、題目は全て単独動詞に限ったが、用例や練習問題には、日常の自然な表現を紹介するために、動詞テ形＋イル、＋アル、＋イク、＋クル等の補助動詞との組み合わせもあえて使用した。

漢語・その外の外来語は「＋スル」をつけることで、簡単に動詞化できるので、現代日本語では、文語文のみならず口語文にも頻繁に使われている。しかし、「漢語＋スル」動詞形は、現代語辞典または漢和辞典・類義語辞典等を参照すれば、比較的容易に用例を見出せるので、本書では、できる限り和語に重点を置くことにした。ただ、意味上、類似の和語動詞がない場合、または、日常頻繁に使用される和語動詞と意味上はっきり区別して説明する必要がある「漢語＋スル」動詞形は本書に収録した。

個々の動詞の統語論的特色については、必要に応じて説明を加えた。

本書の編集初期に、南山大学副学長加藤俊一先生から数多くのご提案、ご指示をいただき防衛大学校助教授池谷清美先生、ＡＫＰ同志社留学センター講師荒井雅子先生に例文問題等の御提案をいただいたことをここに記し、感謝の意を表する。

目次

本書の使い方

一　本書の構成

前述したように日本語の動詞は、意味や用途の多様化が著しい。この本で日本語動詞のすべてを収集し、その一つ一つについて、用法を語り尽くすことは不可能である。本書では、まず意味論的特色を述べた後、統語論的に日本語教育に於て重要な役割を果たす自動詞・他動詞の意味および用法上の特色に触れた。

ここでは、動詞の分類法として、様々なコミュニケーションの場における動詞の機能上・意味上の区別に重点を置き、一般日本人社会で広い範囲の活動を行うために必要不可欠と考えられる重要な動詞を、和語動詞を中心に意味グループに分類し、各グループの動詞の用例を紹介し、説明に基づいた練習問題を付けた。次に「その他の動詞」の説明として、形が同じで意味上の区別をしにくい動詞の可能表現・受身表現・使役表現について、その特徴と各々の違いについて説明した。

収録した動詞の選択分類

I　動詞の収集に関しては、「日本語教育指導参考書9・日本語教育基本語彙七種比較対照表（東京大蔵省出版局一九八二）」および「大野晋・浜西正人著、角川類語新辞典（一九八一）の語彙分類体系表」を、主に参考とし、日常生活に役立つ動詞とその用例を中・上級レベルの日本語学習者を対象にするという基準に基づいて選択収集した。

II　上に述べた方針に従って収集した動詞を、以下の2グループに分類した。

Aグループ〔一つの意味用法に限定定義するには、あまりにも多様な用途を持つ動詞〕

Bグループ〔使用目的によって、比較的明確に分類できる動詞〕

III　Aグループでは詳しく動詞の意味用法を取り上げたが、これによって日本語の動詞の特殊な使いかたや特色がお分かりいただけると思われる。日本語学習者は、Aグループの動詞がマスターできれば、Aグループ以外の動詞や複合動詞の意味用法も類推することが可能となる。

(例)　破る　紙を破る、約束を破る

し上げる→する＋上げる＝全部してしまう

Bグループの動詞は、更に、その使用目的（Functional Notional Concepts）の概念を生かして動詞の使用される環境と使用目的によって分類を試みた。原則として一つの動詞の用例は、文脈が変わらない限り、一項目に限定する方針によったが、使う目的・状況によって微妙に意味が違ってくる語は、いくつかの項目にわたって例出してある。動詞の下位分類の基準になる言語使用のシチュエーションと目的に関しては、

Gail Guntermann & June K. Phillips, Functional Notional Concepts : Adapting the FL Textbook, Language in Education, Theory & Practice, ERIC, (Washington DC. 1982, Center for Applied Linguistics) 中の言語機能の表（岡まゆみ訳）を参照した。

IV　本書で使われている記号は次のような意味である。

＝類義語　↕　反意語

＊誤用例　／どちらの言いかたもできる　○　正しい用例

用例の頭にある（　）は、同一単語の用例による意味の違いを表す。

二　本書に採用した日本語文法

動詞はその活用によって、U動詞（五段活用動詞・子音動詞）・RU動詞（一段活用動詞・母音動

詞）・不規則動詞（行く、来る、する）に分けられる。

●動詞活用表

I u動詞

	語例	1 語根	2 連用形	3 現在形	4 否定形	5 意思形	6 過去形	7 テ形	8 タリ形	9 タラ形	10 仮定形	11 命令形
カ行	聞く	聞k	聞き	聞く	聞かない	聞こう	聞いた	聞いて	聞いたり	聞いたら	聞けば	聞け
ガ行	泳ぐ	泳g	泳ぎ	泳ぐ	泳がない	泳ごう	泳いだ	泳いで	泳いだり	泳いだら	泳げば	泳げ
サ行	話す	話s	話し	話す	話さない	話そう	話した	話して	話したり	話したら	話せば	話せ
タ行	待つ	待ts	待ち	待つ	待たない	待とう	待った	待って	待ったり	待ったら	待てば	待て
ナ行	死ぬ	死n	死に	死ぬ	死なない	死のう	死んだ	死んで	死んだり	死んだら	死ねば	死ね
バ行	飛ぶ	飛b	飛び	飛ぶ	飛ばない	飛ぼう	飛んだ	飛んで	飛んだり	飛んだら	飛べば	飛べ
マ行	読む	読m	読み	読む	読まない	読もう	読んだ	読んで	読んだり	読んだら	読めば	読め
ラ行	回る	回r	回り	回る	回らない	回ろう	回った	回って	回ったり	回ったら	回れば	回れ
ワ行	買う	買u	買い	買う	買わない	買おう	買った	買って	買ったり	買ったら	買えれば	買え

-ru動詞

語例	1 語根	2 連用形	3 現在形	4 否定形	5 意思形	6 過去形	7 テ形	8 タリ形	9 タラ形	10 仮定形	11 命令形
見る	見—	見	見る	見ない	見よう	見た	見て	見たり	見たら	見れば	見よ・見ろ
寝る	寝—	寝	寝る	寝ない	寝よう	寝た	寝て	寝たり	寝たら	寝れば	寝ろ・寝よ

-不規則動詞（行く動詞・カ変動詞・サ変動詞）

語例	1 語根	2 連用形	3 現在形	4 否定形	5 意思形	6 過去形	7 テ形	8 タリ形	9 タラ形	10 仮定形	11 命令形
行く	行k	行き	行く	行かない	行こう	行った	行って	行ったり	行ったら	行けば	行け
来る	き—	き—	くる	来ない	来よう	来た	来て	来たり	来たら	来れば	来い
する	し・せ	し	する	しない・せず	しよう	した	して	したり	したら	すれば	しろ・せよ

一　自動詞・他動詞

定義

日本語における自動詞・他動詞の区別は、英語など印欧語の場合のように、統語論的に「他動詞は目的語を取る動詞である」と簡単に定義できない。それは、目的語が必ずしも顕在しないという日本語の統語論的特色から、日本語学習者には、あまり役に立たない定義となるからである。

意味上でもはっきり区別されうるものではなく、外国語の文法上の分けかたをそのまま日本語にあてはめることが無理な動詞もある。また、形の上から区別することも出来ない。「これで演奏会を終わります」・「八時で演奏会が終わります」のように自動詞と他動詞が同じ形のものもある。「漢語＋する」の動詞には、この例が多い。

「他動詞はその動作を他の人物または物体に及ぼす動詞」という意味上の定義も、日本語には適用できない例がある。例えば「ここで妻と会う」の「会う」は自動詞である。

結局、動作の結果の状態を表現する場合「もう宿題はやってあります」と「テ＋ある」の形になるのが他動詞、「もうお風呂は一杯になっています」のように「テ＋いる」の形になるのが自動詞と言う定義が、外国語教育としてはいちばん分かりやすいことになる。

用例

意味上対をなす自動詞・他動詞の活用語尾による分類の試みに Mutsuko Endo Simon (A Practical Guide for Teachers of Elementary Japanese, Ann Arbor, MI. The University of Michigan. Center for Japanese Studies. 1984) (pp. 71—72) の方法がある。外国の学習者には習得しやすいと思われるので、少し改めて、用例を挙《あ》げておく。

自動詞	(否定形)	他動詞	(否定形)
1　—aru (U動詞)		—eru (RU動詞)	
物価が上がる。	(上がらない)	物価を上げる。	(上げない)
宝くじが当たる。	(当たらない)	宝くじを当てる。	(当てない)
体が温《あたた》まる。	(温まらない)	体を温める。	(温めない)
寄付が集まる。	(集まらない)	寄付を集める。	(集めない)
けんかが収まる。	(収まらない)	けんかを収める。	(収めない)
鍵がかかる。	(かからない)	鍵をかける。	(かけない)
橋が架《か》かる。	(架からない)	橋を架ける。	(架けない)
ドアが閉まる。	(閉まらない)	ドアを閉める。	(閉めない)
犯人がつかまる。	(つかまらない)	犯人をつかまえる。	(つかまえない)
車が止まる。	(止まらない)	車を止める。	(止めない)
自動車がぶつかる。	(ぶつからない)	自動車をぶつける。	(ぶつけない)

ちょうちんがぶらさがる。　（ぶらさがらない）
腰が曲がる。　（曲がらない）
土に砂が混ざる。　（混ざらない）
仕事が見つかる。　（見つからない）

2　—aru（U動詞）
電話がつながる。　（つながらない）
道がふさがる。　（ふさがらない）
目が回る。　（回らない）

3　—u（U動詞）
店が開《あ》く。　（開かない）
腰が痛む。　（痛まない）
ビルが建つ。　（建たない）
気が付く。　（付かない）
火がつく。　（つかない）
連絡が入る。　（入らない）
旅が続く。　（続かない）

ちょうちんをぶらさげる。　（ぶらさげない）
腰を曲げる。　（曲げない）
土に砂を混ぜる。　（混ぜない）
仕事を見つける。　（見つけない）

—u（U動詞）
電話をつなぐ。　（つながない）
道をふさぐ。　（ふさがない）
目を回す。　（回さない）

—eru（RU動詞）
店を開ける。　（開けない）
腰を痛める。　（痛めない）
ビルを建てる。　（建てない）
気を付ける。　（付けない）
火をつける。　（つけない）
連絡を入れる。　（入れない）
旅を続ける。　（続けない）

4

—eru（RU動詞）

目が覚める。　（覚めない）
水が出る。　（出ない）
氷が溶《と》ける。　（溶けない）
うわさが流れる。　（流れない）
髪《かみ》が濡《ぬ》れる。　（濡れない）
秘密《ひみつ》が漏《も》れる。　（漏れない）

—asu（U動詞）

目を覚ます。　（覚まさない）
水を出す。　（出さない）
氷を溶かす。　（溶かさない）
うわさを流す。　（流さない）
髪を濡らす。　（濡らさない）
秘密を漏らす。　（漏らさない）

5

—eru（RU動詞）

すいかが冷える。　（冷えない）
体重《たいじゅう》が増《ふ》える。　（増えない）
財産《ざいさん》が殖《ふ》える。　（殖えない）
木が燃える。　（燃えない）
髭《ひげ》が生《は》える。　（生えない）

—yasu（U動詞）

すいかを冷やす。　（冷やさない）
体重を増やす。　（増やさない）
財産を殖やす。　（殖やさない）
木を燃やす。　（燃やさない）
髭《ひげ》を生やす。　（生やさない）

6

—eru（RU動詞）

木が倒れる。　（倒れない）
テレビが壊れる。　（壊れない）
火が消える。　（消えない）

—su（U動詞）

木を倒す。　（倒さない）
テレビを壊す。　（壊さない）
火を消す。　（消さない）

7

—iru（RU動詞）
子どもが起きる。（起きない）
鉛筆が落ちる。（落ちない）
人が降りる。（降りない）

—osu（U動詞）
子どもを起こす。（起こさない）
鉛筆を落とす。（落とさない）
客を降ろす。（降ろさない）

8

—u（U動詞）
足が動く。（動かない）
洗濯物《せんたくもの》が乾く。（乾かない）
花が咲く。（咲かない）

—asu（U動詞）
足を動かす。（動かさない）
洗濯物を乾かす。（乾かさない）
花を咲かす。（咲かさない）

9

—ru（U動詞）
姿が写る。（写らない）
職場が移る。（移らない）
生徒が帰る。（帰らない）
鐘《かね》が鳴る。（鳴らない）
新幹線が通る。（通らない）
食べ物が残る。（残らない）
人口が減る。（減らない）

—su（U動詞）
姿を写す。（写さない）
職場を移す。（移さない）
生徒を帰す。（帰さない）
鐘を鳴らす。（鳴らさない）
新幹線を通す。（通さない）
食べ物を残す。（残さない）
人口を減らす。（減らさない）

10

—eru（RU動詞）

—u（U動詞）

枝が折れる。（折れない）	枝を折る。（折らない）
チョコレートが売れる。（売れない）	チョコレートを売る。（売らない）
岩が砕《くだ》ける。（砕けない）	岩を砕く。（砕かない）
ボタンがとれる。（とれない）	ボタンをとる。（とらない）

二　その他の動詞の説明

イ　可能の表現

U動詞 ＋ eru

切る　kir(u)　＋ eru→kireru　　会う　a(u) ＋ eru→aeru

押す　os(u)　＋ eru→oseru　　立つ　tat(su) ＋ eru→tateru

㊎ 行ける・泳げる・話せる・勝てる・遊べる・読める・帰れる・歌える

（但し、「現れる・入れる・乱れる・汚れる・流れる」などには可能の意味はない。）

RU動詞 ＋ rareru

見る　mi(ru)　＋ rareru →mirareru

着る　ki(ru)　＋ rareru→kirareru

逃げる　nige(ru)　＋ rareru→nigerareru

例 蹴られる・寝られる・出られる・信じられる・起きられる・曲げられる・食べられる

カ変動詞　来る　ko(nai) ＋ rareru→korareru

このほかRU動詞では、「ら」を抜いた形の可能の用法もよく使われる。

例 着れる・見れる・変えれる・逃げれる・分けれる・食べれる

可能の表現は意志を持った動作を表す動詞から作ることができる。分かる・できる（「する」の可能形）は、本来可能の意味を持っている状態を表す動詞なので可能の形にすることはできない。従って、「勉強する」の可能形は「勉強できる」を用いる。また、「咲く・散る・降る・晴れる・生まれる」など意志を持たない自動詞を可能の形にすることはできない。「見る」「聞く」の可能形は「見られる」「聞ける」であるが、このほかに特殊な可能表現「見える」「聞こえる」がある。これは「見よう」「聞こう」という意志がなくても自然に目や耳に入ってくることを意味し、目的を表す語は助詞「～が」を取る。

ロ　受身の表現

通常他動詞から作られる。「死ぬ」「泣く」「降る」などは自動詞だが、日本語独特の「迷惑の受身」として使われる。

授受動詞は受身形にならないが（あげる・くれる→＊あげられる・くれられる）、「もらう」は「もらわれる」となる。これは無生物のやり取りには使われないで、主に生きたものに使われる。（子猫がもらわれる。＊本がもらわれる）

U動詞 ＋ areru　切る　kir(u) ＋ areru→kirareru

だます　damas(u) ＋ areru→damasareru

吹く　fuk(u) ＋ areru→fukareru

(例) 押される・打たれる・結ばれる・頼まれる・書かれる・流される

RU動詞 ＋ rareru　助ける　tasuke(ru・nai) ＋ rareru→tasukerareru

捨てる　sute(ru) ＋ rareru→suterareru

(例) 支えられる・逃げられる・変えられる・ほめられる・見られる

サ変動詞 ＋ areru　する　s(uru) ＋ areru→sareru

カ変動詞 ＋ rareru　来る　ko(nai) ＋ rareru→korareru

受身と同じ形が可能や尊敬の用法として使われている場合もあり、意味の違いは文脈から判断する。

1　セールスマンに何度も来られて、困りました。（受身）

2　明日十時に来られたら来てください。（可能）

3　先生が来られました。（尊敬）

ハ　使役の表現

他人に命令したり要求したりしてある動作をさせることで、意志を持った生物が動作主でなければならないが、自分の動作には使えない。他人からの命令や要求で自分の行動を表すときは、使役の受身で表される。

「見せる」「着せる」「歌わす」「待たす」「運ばす」などは使役の意味を含む他動詞である。「運ばす」の受身は、使役の受身と同じ「運ばされる」と同形である。

他動詞と使役の違いは、他動詞は自分（主語）の行動が他の人や物体に及ぶ場合であり、使役は命令や要求によって他の人にある動作をさせることである。

1　妹は好きな洋服を人形に着せている。（人形に命令することは出来ないので、人形に着させるとは言えない）

2　母は姉のお見合いに振袖《ふりそで》を着させようと思っている。（振袖を着ることに重点があり、着る動作は姉でも他の人でもかまわない。）

「刺せる」「押せる」「話せる」は可能を表すRU動詞である。使役は「刺させる」「押させる」「話させる」となる。

U動詞　＋　aseru　使う　tsukaw(a-nai)　＋　aseru　→　tsukawaseru
抜く　nuk(u)　＋　aseru　→　nukaseru

RU動詞　＋　saseru　受ける　uke(ru)　＋　saseru　→　ukesaseru
㊀例　植えさせる・届けさせる・投げさせる・決めさせる・捨てさせる

サ変動詞　＋　aseru　する　s(uru・inai)　＋　aseru　→　saseru
例　探させる・打たせる・遊ばせる・座らせる・休ませる・運ばせる

カ変動詞　＋　saseru　来る　ko(nai)　＋　saseru　→　kosaseru

二　動詞の用法の例

一　並ぶ

（否定形）

1（自動詞）　店の前に人が並んでいる。　並ばない

2（他動詞）	テーブルの前に皿を並べてください。	並べない
3（受身）	商品を勝手に並べられた。	並べられない
4（可能）	前に五人、後ろに六人並べる。	並べない
5（使役）	先生は子どもたちを一列に並ばせた。	並ばせない
6（使役の受身）	学生は教室の前に並ばせられた。短縮形（並ばされた）	並ばせられない

サ行の動詞以外は短縮形にすることができ、よく使われる。
歩かせられる→歩かされる　作らせられる→作らされる
サ行の動詞は　見させられる→見さされる　となり、発音しにくいのであまり使われない。

二　見る

		（否定形）
1（自動詞）	寝ながら月が見える。	見えない
2（他動詞）	写真を見る。	見ない
3（受身）	変なかっこうをしているところを人に見られた。	見られない
4（可能）	この辺りで時々珍しい蝶が見（ら）れる。	見れない
	あの岩の上に小鳥がいるのが見えますか。	見えませんか
5（使役）	生徒には必ず予定表を見させる。	見させない
6（使役の受身）	同じビデオを何度も見させられた。	見させられない

三　入る

1（自動詞）	会社から帰ったらすぐ風呂に入《はい》る。	入らない
2（他動詞）	夕飯前に子どもを風呂に入《い》れる。	入れない

3（受身）　泥棒に入《はい》られた。（迷惑の受身）　入られない

4（可能）　本は全部この箱に入《い》れられる。　入れられない

5（使役）　散らかった紙くずをごみ箱に入《い》れさせる。　入れさせない

6（使役の受身）　こぼした豆をびんに入《い》れさせられた。　入れさせられない

Aグループ　意味や用法が比較的多様な動詞

日常生活でよく使われる日本語の動詞は、しだいに意味の領域が広がると、その動詞の意味の具体性が薄れていった。そのため、動詞一つでは満足のいく表現ができなくなり、他の動詞と結びついて、複合動詞としてよく使われるようになった。その中には「引く」のように、単独で使われるよりも、「ひもを引っぱる」・「足を引きずる」のように複合動詞として使われるほうが自然な感じがするものも多い。「込む（中に入るという意）」のように、単独ではほとんど使われなくなり、「飛び込む」「入り込む」「詰《つ》め込む」など他の動詞と一緒になって初めて具体的な意味を持つ動詞も多い。極端な例になると「引っ張り込む」・「煮《に》え繰《く》り返《かえ》る」のように、動詞を三つも重ねる例もある。

このAグループの単語には「なる・かかる」のように意味があいまいでとらえどころがないようなものや、「出る・入る」のようにあまりにも意味の領域が広すぎるものがある。これらは複合動詞として使われることが非常に多い。

Aグループの動詞のように意味が簡単に見える単語ほど、外国語としての日本語学習者にとっては、使いこなすのが難しいものと思われる。

〔一〕する・やる・なる・できる

（一）する

もっとも複合動詞が多く、何にでもつけやすいが、動詞の直後に「する」をつけることはできない。「行《い》こうとする」「逃げようとする」のようになる。動詞と結びつく場合は、「勉強をしすぎた」のように必ず他の動詞の前にくるが、用例は少ない。名詞と結びつく場合がもっとも多い。

「する」は基本的には、意志性が強い人の動作や状態を表す語である。対をなしている無意志的な「なる」とともに、意味が漠然とした動詞で、用途の広い語である。

しかし、その動作を表すのにふさわしい動詞がほかにある場合は「する」を使わない。例えば、「シャワーをする」とは言わずに「シャワーを浴びる」と言う。

「圧力をかける」「朝食を取る」「手紙を書く」「しょうゆをかける」「意地を張る」「皮肉を言う」「休暇を取る」「非行に走る」「事故を起こす」などがこの例であるが、「詐欺を働く」「麻酔をかける」「塩を振る」になると「する」も使われる。特に、「塩をする」は料理の下準備で塩を使うときによく用いるが、食卓で料理に塩をかけるときは「塩をする」とは言わない。

「苦労する」は自動詞であり、「親に苦労をかける」は他動詞となる。

「ピアノ（のけいこを）する」「テニス（の練習を）する」「帳場・台所（の仕事を）する」など、言葉の省略がある場合もあり、「する」の用法を複雑にしている。

1．「する」の用法

イ．名詞＋する

(1) 漢語＋する

「する」がもっとも多く使われる例であるが、その意味は主に漢語の動作を行うことを表す。

「……する」「……をする」の二通りの用法がある。

A 「する」〈漢語に「を」をつけないもの〉

i （…ヲ＋漢語＋する）意志動詞や目的語を必要とする他動詞。起点や通過点を表す自動詞。

「岩を侵食《しんしょく》する」「公共の利益を優先する」「左右する」「意味する」「汚染《おせん》する」「制定《せいてい》する」「大学を卒業する」「一時に東京駅を出発する」

① 朝からずっと患者《かんじゃ》を診察するので、昼食は三時ごろになります。
② ここの雨量を平均すると、一年に八百ミリくらいです。
③ この店《みせ》では備《そな》え付《つ》けのかごを使用してください。

ii （……ガ＋漢語＋する。……ニ＋漢語＋する）

「違法駐車《いほうちゅうしゃ》が横行する」「話が前後する」「小樽《おたる》に滞在する」「に合流する」「混雑する」「迷惑する」

① 人気歌手が登場すると、観客が立ち上がった。
② 自動車が故障すると困るので、点検に出しておこう。
③ 卒業試験に合格しなかった人は、追《つい》試験を受けてください。

B 「…をする」〈漢語のすぐ後《うし》ろに「を」をつけるもの〉

「タイヤを交換《こうかん》する」「タイヤ交換をする」「庭を掃除《そうじ》する」。「庭掃除をする」のように、「……する」「……をする」どちらも使える場合が多い。

遅刻・整理・心中・破産・利用・混乱・開店・上陸・亡命・登山はその例である。

（避難訓練をする・＊避難を訓練する）（選挙運動をする・＊選挙を運動する）

① ホームステイが決《き》まったらすぐ外国人登録をするつもりです。
② 麻雀《マージャン》をしようと思《おも》ったが、三人しかいなかった。

③ 無理な乗車をしないで、次の電車を待つほうがいい。

(2) 外来語＋する

「アルバイト（を）する」「プロポーズ（を）する」「キャンセル（を）する」

「漢語＋する」と同様、ほかに適切な動詞がある場合は「する」を使わない。

「アイロンをかける」「コンサートを開く」「ファックスを送る」「クラクション・サイレンを鳴らす」「ショックを受ける」「ホッチキスで留《と》める」となる。

外来語を取り入れて動詞を作る場合、「する」をつけるものと「る」だけをそえるものとがある。「サボる」「ダブる」「トラブる」「メモる」がその例であり、日本語でも「雲《くも》→くもる」「はげ→はげる」となる。

① 俊介《しゅんすけ》さんはパソコンの使いかたをマスターするために、遅《おそ》くまで起《お》きていた。

② 病《びょう》気《き》になった友達《ともだち》の仕事《しごと》をカバーするために、残業《ざんぎょう》をしている。

(3) 漢字一字＋する

「恋する乙女」「光栄に浴する」「汗する」「旅する」「対する」「反する」などやや硬い感じがする言いかたで話し言葉にはあまり使われないが、「愛する」だけは英語からの翻訳《ほんやく》もあってよく使われる。（＊恥する→恥をかく）（＊夢する→夢見る）

鯰《なまず》の研究は、地震予知に関する研究の一部でもある。

ロ．イ形容詞ku・ナ形容詞ni＋する

ほとんどの形容詞に対の形で「する」「なる」を使うことができる。

①　おいしい料理は、いつもパーティーを楽しくする。パーティーが楽しくなる。

②　薄着《うすぎ》は子どもを丈夫《じょうぶ》にする。薄着で子どもが丈夫になる。

（＊懐《なつ》かしくする・＊うらやましくする）

ハ．副詞＋する

A　状態や時を表す副詞＋「する」

「ずいぶん・全然・たぶん」などの程度や陳述を表す副詞には「する」がつきにくい。

「なぜ、もっと（勉強を）しないの」「きっと（ファミコンを）しようね」という言いかたはよくするが、これは省略された目的語に「する」がついたものである。

①　今朝《けさ》はうっかりして、パジャマの上に背広を着ていた。

②　私が駅に着いてしばらくしたら、列車がホームに入ってきた。

B　擬音語＋する　「胸がどきどきする」「夜中にごそごそする」

こうなったらじたばたしてもしかたがないから、あきらめよう。

C　擬態語＋する　「子どもの目がきらきらする」「ぬるぬるする」

電車を降《お》りてはっとした。子どもを電車に残《のこ》してきた。

〔注〕「鍵《かぎ》の束《たば》ががちゃがちゃと鳴る」「稲妻《いなずま》がぴかっと光る」「春雨《はるさめ》がしとしと降る」などのように、それにふさわしい動詞がほかにあるときは「する」を用いない。

2. 「する」の意味

イ. 名詞 ＋ に・を・が・も ＋ する

① 「お酒にする？　ビールにする？」「お風呂にする？」（＝選ぶ）
② 農地を宅地にするのには、いろいろな手続きが必要だ。（＝変える）
③ 焼鳥屋の前を通ると、おいしそうなにおいがする。（＝においを感じる）
④ 今度の研修は、一泊三万円もするホテルに泊まることになった。（＝その値段である）
⑤ あと五分もすれば、彼は来るでしょう。一年もすれば、慣れますよ。（時間がたつ）
⑥ 父は私の会社の会長をしています。（弁護士、医者、教授、先生）（＝職業や地位に就いている）
⑦ アルバイト料は一時間八百円にする。（＝決める）

ロ その他

A 「……した＋名詞」で様子や状態を表す。（「する」は本来動作の意味の強い動詞である）
◇ 鬼《おに》のような顔をした先生はとても優しかった。あっさりした人。
B 「……した（動詞の過去形）ことにする」で仮定を表す。（《こと》に関しては《形式名詞28・29頁参照》）
図書館で勉強したことにして、映画を見に行こう。（実際にはその行為（勉強）は行われていない。）

C「……することにする」で主語・話者の意志を表す。

〔注〕これと対比できる言い方として「……することになる」がある。「……ことにする」は話者の意志が強く出ているので、あまり改まった場合には使わない。そこで、ていねいさ、表現の柔《やわ》らかさを出すために、自分《じぶん》についてのことでも「……することになる」が用いられることが多い。

① 夫は単身赴任《ふにん》することにした。

② このたび、山田実氏《やまだみのるし》のご媒酌《ばいしゃく》により十一月三日、都内のホテルにおいて結婚式《けっこんしき》を挙《あ》げることになりました。

(二) やる

「する」と意味は同じだが、話し言葉で、くだけた表現である。一人称または主語の意志動作を表現する。(「する」とは意味が異《こと》なる「やる」は99頁参照。)

やりて・やりがい・やりすぎなどの複合語も多い。

1.「する」と代用できる場合

① やりがいのある仕事をやり(し)たい。　さっさと仕事をやって(して)しまおう。

② やる(する)だけのことはやった(した)から後悔はしない。

③ 商売をやる(する)。そば屋《や》をやる(する)。仲人《なこうど》をやる(する)。委員長をやる(する)。

④ 今年《ことし》は卒業十周年だから、同窓会をやろう(しよう)。

2．「やる」のみを用いる場合。

① やったぁ！　合格だ！
② どうですか、今夜一杯やりませんか。（酒を飲みに行く）
③ 酒はやるが、たばこはやらない。（酒・たばこを「する」とは言わない）
④ 大丈夫《だいじょうぶ》、アルバイトだけでやっていけるよ。（＝生活できる）
⑤ うちの会社もついに、やっていけなくなった。（経営が成り立たない）
⑥ あいつ麻薬をやっているらしい。

(三)　なる　（─ガ─ニなる）

「なる」は、その前に来る言葉によって物事が変化したり、自然にほかの性質・状態に変わることを意味する。「する」と同様、利用範囲の広い語である。「する」は主語の意志で動作をしたり、そのような状態にするのに対して、「なる」は自然にそのような結果になることを示す。

1．「なる」の用法

イ．漢語＋「する」「なる」両方使えるもの

a 「息子《むすこ》を医者にする」（親の意志）　「息子が医者になる」（息子の意志）

b 「ごちそうする」「ごちそうになる」これは行為者と受け手が対になっている。

ロ．「する」しか使えないもの

「意識する・妊娠《にんしん》する・成功する」などは「なる」と置き換えることはできない。

ハ.「なる」しか使えないもの

「定年になる・危篤《きとく》となる・未亡人《みぼうじん》になる・不合格となる」などは「する」と置き換えることはできない。

① 公子《きみこ》さんは航空会社に採用されたが、恵子《けいこ》さんは不採用となった。

ニ.尊敬語（お～ニなる）・謙譲語（お～する）

① 先生が荷物をお送りになりました。（目上の人の動作）

② 荷物は（私が）お送りしました。（自分の動作）

ホ.副詞＋なる

A　擬音語・擬態語＋と＋なる

しーんとなる（する）・むっとなる（する）・かっとなる（する）

B　擬態語＋に＋なる

髪《かみ》の毛がごわごわ{になる／する}・さらさら{になる／する}

足ががたがたになる（＊足ががたがたする）・おなかがぺこぺこになる

2.「なる」の意味

イ　変化・推移を表すもの

(1) 自分の意志を越えた自然の大きな力によって、徐々に変化すること。
① 暖かくなると、土の中で冬眠《とうみん》していた虫《むし》たちもはい出してくる。
② 昼ごろ降りだした雨が、いつのまにか雪になった。　嵐になる。
③ 卵からかえったおたまじゃくしは、かえるになってまた卵を産《う》む。

(2) 時間の経過とともに変化すること。
① 三十数年働いたこの会社も、三月で定年になります。(その時期が来る)
② しばらく会わない間に正彦《まさひこ》君大きくなったわね。(身長がのびる)
③ 犬がいなくなってから一週間になります。(一週間が過ぎる)
④ いつも通行人の役ばかりだったのに、初めて主役になった。(主役に選ばれる)
⑤ 金融《きんゆう》引き締《し》めも緩和《かんわ》されてきたので、景気はよくなるでしょう。(よい方に変わる)
⑥ 黒海《こっかい》から地中海《ちちゅうかい》に入ると海の色が青くなる。(青い色に変わる)
⑦ ワイン造りは失敗すると、酢っぱくなる。
⑧ 母親が退院したので、子どもたちの顔が明るくなった。
⑨ 会社の金《かね》を使い込んでくびになる。(会社を辞めさせられる)
⑩ 仏になる。　土になる。　骨になる。　故人《こじん》となる。(人の死を表す)
(死亡する・他界《たかい》する・昇天《しょうてん》する・永眠する)

ロ．状態の変化

① 彼は仕事に行き詰《づ》まって、酒浸《びた》りになっている。（様子）
② 期末試験の成績のことを考えると、ゆううつになる。

ハ．その他

(1) 習慣化した事がらに関して
会社から帰ったら、背広を脱いで普段着《ふだんぎ》になる。（＝着替える）

(2) ……するようになる。（……することが習慣化しはじめる）
① 共働きをしていると、夫も家事をするようになる。
② たばこはちょっと吸《す》ってみたところから、毎日吸うようになるらしい。

(3) ……することになる。（少し改まった・遠慮《えんりょ》した言い方）
沖縄《おきなわ》に転勤することになりましたので、子どもたちも転校します。

(4) 動詞連用形＋……そうになる。（差《さ》し迫《せま》った状態への変化）
キセルがばれて、つかまりそうになる。

ニ．結実

① 春にまいた種から芽が出て、黄色い花が咲いてきゅうりがなった。
② りんごの木は春には白い花が咲き、秋には赤い実がなりとてもきれいだ。

すいか・みかん・いちご・桃・なしがなる。
トマト・なす・かぼちゃ・ピーマンがなる。

〔注〕花が咲いて、それが実へと自然に変化していく野菜や果物《くだもの》には、「なる」を用いる。大根・にんじん・じゃがいも・とうもろこし・米・麦などには「なる」を用いないで、「できる」を用いる。米・麦など穀類《こくるい》には「実《みの》る」も用いる。白菜・ほうれん草・ごぼう・れんこんなどの野菜には「できる」のほかに「採《と》れる」も用いられる。

(四)　できる　(—ガできる)

自動詞で他動詞的用法は、「する・やる・作る」などに置き換えられる。ものや事がらが出てくるというのが、本来の意味である。

「……することができる」は動詞の可能形と意味は同じである。

1．可能を表すもの

① 磯野《いその》さんは勉強がよくできる学生だ。
ロシア語ができる人を探しています（＝話せる）。

② 俊雄《としお》さんはあの大きな石を動かすことができる（＝動かせる）。
ドリトル先生は動物と話ができる（＝話せる）。
酒は二十歳にならないと飲むことはできません（＝飲めません）。

2．生成・発生に関するもの

①　かたくり粉《こ》はじゃがいもからできる。

②　うちの庭でできたとうもろこしや枝豆《えだまめ》はおいしい。（＝採れる）

③　誕生に関するもの。

三月に、二人目の子どもができることになりました。（＝生まれる）

子どもができたらしい。（＝妊娠した）

四月一日に三つの村が一緒になって新しい市ができます。（＝生まれる）

〔注〕人間の子どもに関して「できる」が使えるが、ほかの動物には使わない。主に妊娠することであるが、生《う》まれるの意味もある。人間だけでなく、国《くに》・市《し》・町《まち》・会社・団体《だんたい》などが誕生することも意味する。

④　雨が降ると、あちこちに水溜《た》まりができる。

⑤　中学生になった息子は顔中、にきびができた。　ガールフレンドができる。

3．開発に関するもの

①　今までよりも短時間で洗える洗濯機ができた。

②　この農園で高級ワインに適した新しいぶどうができた。

（12頁参照）

4．完成に関するもの

①「うちの嫁《よめ》はよくできた嫁だ」とほめる姑《しゅうとめ》は、よくできた人だ。
（これは能力とは別の人柄《ひとがら》や性格を意味する）

② 食事（の準備）ができた。　荷物（の準備）ができた。

③ 書類ができたら、送りましょう。　宿題ができた。（＝終わった）

練習問題〔一〕

一、次の文の（　）に「する」を適切な形にして入れなさい。

1. 明日は漢字の試験があるのに、次郎《じろう》は勉強を（　）ないでテレビを見ていた。
2. 努力を（　）ば、必ず成功する。
3. 今日は天気がよいので、洗濯を（　）よう。
4. ディーゼルエンジンは都会の空気を汚染《おせん》（　）。
5. 私の（a.　　）たいように（b.　　）わ！
6. 家を出ようと（　）たら、雨が降りだした。
7. こうなったらじたばた（　）てもしかたがないから、あきらめよう。
8. 厚子《あつこ》さんはあなたのひと言《こと》をとっても気に（　）ていた。
9. こんなに冷たく（　）れても、まだ彼のことが好《す》きなの？
10. 動くな！　静かに（　）！　と強盗《ごうとう》は叫んだ。

二、次の文を例にならって言い換えなさい。

〔例〕深雪《みゆき》さんはスワヒリ語を話すことができる。⇅深雪さんはスワヒリ語が話せる。

1. ここから上野《うえの》まで歩けますか。↓
2. ウィリアムさんは納豆《なっとう》を食べることができる。↓
3. ぼくは一人で田舎《いなか》のおばあちゃんの家に行くことができる。↓
4. 車が壊《こわ》れたけれど、すぐに修理をすることができますか。↓
5. 美佳《みか》さんはダンプカーが運転できる。↓
6. 釧路《くしろ》平野では美しい鶴《つる》を見ることができる。↓
7. 明日八時までに学校に来ることができますか。↓
8. このビンのふたを開けることができますか。↓

三、上の例文の意味にもっとも近い「する」の文をイロハから選び、○をつけなさい。

1. このカメラは五万円する。
   - イ．一杯千円もするコーヒー。
   - ロ．今日は百円のジュースにする。
   - ハ．牛肉は高いのでとり肉にする。
2. 社長は今、会議をしています。
   - イ．私の父はその会社の社長をしています。
   - ロ．午前中は家で仕事をしています。
   - ハ．一年もすれば慣《な》れますよ。

3. 私はてんぷらにします。
　イ. 息子も大工にしたい。
　ロ. テレビか漫画、どちらかにしなさい。
　ハ. 朝からずっと読書をしている。

4. 空き地を子どもの遊び場にする。
　イ. 友達を頼りにする。
　ロ. 気分をさわやかにする。
　ハ. 畑を駐車場にする。

5. 試験を金曜日《きんようび》にする。
　イ. 夕食を六時にする。
　ロ. 日本語を英語にする。
　ハ. 娘を美容師にする。

四、次の文の「なる」の用法を説明しなさい。

〔例〕 気持ちの悪い青虫がきれいな蝶《ちょう》になる。→気持ちの悪い青虫がきれいな蝶の姿《すがた》に変わりました。

1. 髪の毛が薄くなる。
2. 会社を無断《むだん》で休《やす》んだので、くびになった。
3. 酒を飲むと顔色が赤くなる。
4. 麻薬は一度《いちど》やると、やめられなくなる。
5. あの事故《じこ》からもう十年になるんですね。
6. 牛乳《ぎゅうにゅう》に乳酸菌を入れたらヨーグルトになった。

7. 秋にはもみじが赤くなる。
8. 庭の柿《かき》の木にようやく実《み》がなった。

五、次の例文の「できる」の意味にもっともふさわしいものを選んで、その記号を（　）に入れなさい。

1. 裏《うら》の畑でできた大根です。（　）
2. 四月一日に新しい市ができます。（　）
3. ジョンさんは漢字がよくできる。（　）
4. 焼酎《しょうちゅう》はさつまいもからできる。（　）
5. ようやく夏休《なつやす》みの宿題ができた。（　）

イ．・・・から作る
ロ．・・・が終わる
ハ．・・・がとれる
ニ．・・・が生まれる
ホ．・・・をよく知っている

六、次の問題の（　）の中に、「する・やる・なる・できる」を、適切な形にして入れなさい。

A.
1. 最近太ってきたので、もっと運動（　）なければならない。
2. 百グラム千五百円も（　）牛肉を買った。
3. 子どもたちが集めたアルミ缶《かん》を売ったお金が、三万円に（　）。
4. 一週間も雨が降り続いたので、家中《いえじゅう》じめじめ（　）。
5. 三十度を超す日が続いたが、立秋《りっしゅう》を過ぎると少し涼しく（　）。
6. もしあの飛行機に乗っていたら、と思うとぞっと（　）。
7. 子どものころは寒く（　）ても、半ズボンをはいていた。

8. 私はあなたのお嫁さんに（　）たい。僕《ぼく》はあなたをお嫁さんに（　）たい。
9. 金曜日は会社の帰りに一杯《いっぱい》（　）人が多いので、盛《さか》り場が混《こ》む。
10. 庭に植えたあんずの木に美しい花が咲いて、実が（　）。

B.

1. この洋服のクリーニングはいつ（　）ますか。
2. 四月から日本に留学（　）ことに（　）ました。
3. 音楽友の会の会員は二割引きなので、四千円と（　）ます。
4. このシャンプーを使うと、髪の毛がさらさらに（　）。
5. 橋本《はしもと》さんはいつも靴《くつ》をぴかぴかに（　）ている。
6. ちょっと待ってください。すぐ（　）ます。
7. 修理が（　）たら、お電話します。
8. 大丈夫、アルバイトができるから、こづかいをもらわなくても（　）いける。
9. この試験農場で病虫害に強く味のよい米が（　）。
10. うまくあの会社に就職（　）れば、新車を買おうと思う。

〔二〕出る・出す・入《はい》る・入れる

（一）出る（―ガ出る）（―ニ出る）

「出る」は内から外への移動を表す。この場合内は内部・内側・暗《くら》い所・秘密《ひみつ》・隠《かく》れた所・私的範《してきはん》囲《い》などを意味する。

1. 具体的な意味

① 改札口を出たら、右に行ってください。毎朝、何時に家を出ますか。
たあちゃん、お風呂から出たら、すぐお洋服着なさい。

② 台所にゴキブリが出る。お化《ば》け・幽霊《ゆうれい》が出る。苦労が多いので、白髪《しらが》が出てきた。
芽《め》・葉・枝・つぼみが出る。朝顔の種をまいたら、五日目《いつかめ》に芽が出た。
（花の場合は「咲く」「開く」を用いる。）

③ 汗《あせ》・涙《なみだ》・血・よだれが出る。梅干《うめぼし》と聞いただけでつばが出てくる。（＝流れ出る）

④ あの旅館ではいつもおいしい料理が出る。給食《きゅうしょく》にみそ汁とごはんが出た。

⑤ 川床《かわどこ》からナウマン象《ぞう》の足跡《あしあと》が出てきた。（＝現れた）

⑥ 海底《かいてい》から石油が出る。何本も井戸《いど》を掘《ほ》って、ようやく温泉が出た。
くぎが出ているから、気をつけてね。ビールをよく飲むので、腹《はら》が出た。

2. その他の意味

① 明日は日曜だけど、会社に出ます。事務所・パートに出る。（＝行く）

② 明日友達の結婚式に出るので、床屋《とこや》に行ってくるよ。（＝出席する）

③ 消防自動車・パトカーが出る。大災害《さいがい》の復旧《ふっきゅう》作業に自衛隊《じえいたい》が出る。

④ 三月で、末っ子も大学を出ます。養成所を出る。刑務所《けいむしょ》を出る。

⑤ とりがらからは、よいだしが出る。このお茶はよく出る。
⑥ 強い風の日に火が出て、たちまち燃《も》え広がった。(＝火事が起こる)
⑦ 二十五日には給料が出るので、街《まち》の酒場は客が多くなる。(＝支払われる)
⑧ 通行人の役だけど明日テレビに出ます。(＝出演する)
⑨ 暑くなってくると、食中毒が出る。
⑩ よく休んだので、元気が出た。食欲《しょくよく》・勇気が出る。
⑪ 彼は年とともに、渋みが出てきた。(＝表面に表れる)
⑫ この問題は入学試験によく出る。
⑬ 数学の問題の答えは出たけれど、式が分からない。(＝答えが分かる)
⑭ 最近ブックタイプのワープロがよく出る。(＝売れる)

(二)　出す　(—ガ—ヲ出す)

内から外へ移すことを表す。

「宿題を出す」の場合、—だれがだれに—ということが省略《しょうりゃく》される場合が多い。そのため「先生が生徒に宿題を出す」と「生徒がその宿題を先生に提出《ていしゅつ》する」の両方の解釈《かいしゃく》が可能になる。

「金を出す」も実際に支払う場合・経済的な負担《ふたん》を受け持つ場合・銀行預金から引き出す場合・単に財布《さいふ》やポケットから出す場合・寄付《きふ》をする場合などに使うことができる。

「手紙を出す」は手紙を書いて送ること・しまっておいた手紙を取り出すことなど、「出す」にはいろいろな意味がある。

「出る」に比べて、「飛び出す」「出し抜《ぬ》く」などの複合動詞が多い。

1．具体的な物の移動を表すもの

①　水道の水を出して遊んじゃだめよ。（↔止める）
　　金曜日は燃《も》えないごみを出す日です。（＝捨てる）
②　穴から頭を出す。危《あぶ》ないから、バスの窓から首《くび》を出しちゃだめ。
③　寒くなってきたからコートを出す。（↔しまう）

2．その他の意味

①　この手紙を書留速達《かきとめそくたつ》で出してください。（＝送る）
②　スーツをクリーニングに出す。
③　役所に書類・出生届《しゅっしょうとどけ》を出す。辞表《じひょう》・入学願書《がんしょ》・履歴書《りれきしょ》を出す。
④　身分証明を出す。住民票《じゅうみんひょう》は役所の出張所《しゅっちょうじょ》でも出す。学割《がくわり》は学生課で出す。
⑤　息子の学費を（親が）出す。三月中に同窓会費を出してください。（＝支払う）
⑥　三月に新しい料理の本を出します。（＝出版する）
⑦　「おふくろの味」の小さな店を出します。
⑧　大雨　雷《かみなり》　注意報を出す。
⑨　勇気を出して、お化《ば》け屋敷《やしき》に入った。
⑩　スピードを出したら、パトカーにつかまった。（＝加速する）
⑪　新聞に広告を出す。

(三) 入《はい》る (―ガ―ニ入る)

外から内への移動を表す。組織・団体への参加・加入なども表す。

分け入《い》る・押し入《い》るなどの複合動詞があるが、「出る」に比べて極端《きょくたん》に少ない。それは、「入る」と同じ意味の「込む」に多くの複合動詞があり、そちらが多く使われているからである。

1. 場所・物の移動《いどう》

① 家に入るとき玄関で靴《くつ》を脱《ぬ》ぐのはめんどうだ。
② 給料が入ったら、家賃をすぐ払います。アルバイト料・利子が入る。(お金を受け取ること)
③ このアパートは、あまり人が入っていない。(住んでいる人がいない)
④ この国境を越えるとスイスに入ります。
⑤ コシヒカリの新米が入りました。
⑥ 東南アジアからいろんな食料が入ってくる。
⑦ あの郵便局の角を入ったところに文房具屋がある。(角を曲がる)

2. その他の意味

① この車はガソリンが五十リットル入る。
② このホールは二千人入ります。
③ 商社に入る。大蔵省《おおくらしょう》に入る。研究所に入る。銀座屋《ぎんざや》に入る。(↔辞める)
④ 息子が軍隊に入りましたが、戦争が起こらないようにと願っています。
⑤ 野球部に入りました。このボランティア団体はだれでも入れる。

⑥ 結婚したので、妻のために生命保険に入った。(＝加入する)
⑦ 盆踊《ぼんおど》りの輪に入る。新しい宗教に入りませんか。(仲間になる)
⑧ 梅雨《つゆ》に入ったとたん、毎日雨が降っています。(↔梅雨が明ける)
⑨ この請求には税金とサービス料が入っています。(＝含まれる)
⑩ かまぼこには防腐剤《ぼうふざい》が入っている。(＝加えてある)
⑪ この温泉には硫黄《いおう》が入っている。(＝含まれる)
⑫ かぜの菌《きん》は口や鼻から入るので、うがいをしましょう。
⑬ 飛行機事故のニュースが入ってきました。いろんなうわさが耳に入る。
⑭ 今日から師走《しわす》に入りました。もうすぐ二十一世紀に入る。

(四) 入《い》れる　(―ヲ入れる)

外から内に物を移動すること。「込《こ》める・詰《つ》める」など似た語はあるが、これらは容器《ようき》の中にぎっしり入れることである。

「入れる」の反対語は「出す」であるが、「お茶を入れる」はお茶を準備することを意味する。「お茶を出す」は入れたお茶を相手にサービスすることを意味するが、「お茶を入れましょう」は相手にサービスすることも意味する。

金銭に関しては自分が相手に対してお金を出すことは、相手の手中《しゅちゅう》にお金を入れることにもなるので、立場によって「出す・入れる」両方を用いる。

1. 具体的な意味

① バケツに水を入れる。コーヒーにクリームを入れる。
② 牛乳は必ず冷蔵庫に入れてね。

2. その他の意味

① 電子レンジが動かないと思ったら、電源《でんげん》を入れてなかった。(電気を通す)
② 今日はとてもむし暑いから、クーラーを入れよう。(＝つける)
③ ケーキにナイフを入れる。　切符にはさみを入れる。(＝切る)
④ うちではA社のコンピュータを入れた。(＝買った)
⑤ 人手が足りないので、新しい事務員を入れよう (＝採用する↔辞めさせる)
⑥ 朝から何度も電話を入れたが、みんな出かけているらしい。(＝連絡した)
⑦ 文法のパターンを、よく頭に入れる。(＝覚える↔忘れる)
⑧ 今度の選挙、だれに入れるか決めた？(＝投票する)
⑨ 明日から英字新聞を入れてください。(＝配達する)

練習問題〔二〕

一、次の例文の意味にもっとも近い用例に○をつけなさい。

1. 雲の切れ間から月が出た。
2. 結婚式に出席する。
3. 手紙を出す。
4. 大使館《たいしかん》が許可《きょか》を出す。
5. このコーヒーには砂糖が入っている。
6. このチョコレートは輸入品《ゆにゅうひん》です。

1.
a. 水道管から水が吹き出した。
b. 山道に突然くまが出た。
c. 秋になると食欲《しょくよく》が出る。

2.
a. あの人はテレビによく出る。
b. 明日のPTAに出てください。
c. 来年大学を出ます。

3.
a. ごみを出す。
b. 荷物を宅配便《たくはいびん》で出す。
c. ズボンを洗濯に出す。

4.
a. 名刺《めいし》を出す。
b. 電話帳に広告を出す。
c. 住民票《じゅうみんひょう》は戸籍課《こせきか》で出します。

5.
a. このスープにはトマトが入っている。
b. バケツにはいっぱい水が入っている。
c. このやかんには水が二リットル入る。

6.
a. 新米《しんまい》が入りました。
b. フランスのワインが入ってくる。
c. エイズが日本にも入ってきた。

7. 日英協会《にちえいきょうかい》に入会した。
a. ワンルームマンションに入った。
b. 今年、高校に入った。
c. 母が宗教《しゅうきょう》団体《だんたい》に入った。

8. お買い上げいただいた品物は、明日お届けします。
a. 珍《めずら》しい切手を手に入れた。
b. 注文したコピー機は三十日に入ります。
c. この机は会議室に入れよう。

二、次の文の（　）に「出る・出す」「入る・入れる」を適切な形にして入れなさい。

1. 東京駅行きのバスは三番乗り場から（　）ます。
2. 入学願書は書留《かきとめ》で（　）た。
3. よい中学に（　）ために、小学生が塾《じゅく》に行く。
4. 夫婦げんかをしたら、女房《にょうぼう》が家を（　）ていった。
5. あのトンネルには幽霊《ゆうれい》が（　）といううわさがある。
6. ねずみがかごの中に（　）と、ふたが閉まる。
7. クーラーのスイッチを（　）たとたん、火花《ひばな》が（　）た。
8. 父が早く亡《な》くなったので、叔父《おじ》が学費を（　）てくれた。
9. チョコレートをこの箱に（　）だけ（　）てください。
10. この道をまっすぐ行くと駅に（　）ますか。
11. トイレから（　）たら、必ずドアを閉《し》めてください。
12. 家を（　）ときは、雨は降っていなかった。

13. お茶が（　　）ましたので、こちらに来てください。
14. 娘を音楽学校に（　　）ようと思う。
15. 週刊漫画《しゅうかんまんが》は月曜日に（　　）ます。

〔三〕あう・あわせる・あわす（会う・合う）

二つのものを一つにしたり・重ねたり・混《ま》ぜたり・一緒にしたり・調和させたりすること。一方が他方の都合や好みに添《そ》うことも意味する。

「混ぜ合わす」「つき合う」などの複合動詞がある。

1.「会う」の具体的な意味

「会う」の主語は生きているものに限られる。（遭う・逢うなどの漢字も「会う」と同じ意味で使われる）（生物＋ニ＋会う）（場所＋デ＋会う）（人・事がら＋ニ＋会う）

① あなたにはどこかで会ったことがありますね。（↕別れる）
② また、（会おう）ね。（親しい間柄《あいだがら》では「会おう」を省略することが多い。）
③ その客には二階のロビーで会いましょう。
④ 博《ひろし》さんは出張でその飛行機に乗っていて、事故に遭《あ》った。（偶然会う）
⑤ 百合《ゆり》さんと哲也《てつや》さんは、銀座のレストランで逢うはずです。（約束して会う）
⑥ 私をこんなひどい目に会わせた人を許せない。（ひどい経験をさせる）

2.「合う」の主な意味

「合う」の主語は何でもよい。(「会う」との違いに注意)

① 手を合わせて神に祈る。目と目が合ったとたん、彼女が好きになった。
折り紙は、角と角を合わせてきちんと折る。

② かきにレモン、ワインとチーズはよく合う。(調和する)
原宿は若者たちに合った街だ。
無理をしないで、年齢に合った運動をしましょう。(年齢にふさわしい)
能力に合わせてクラスを分ける。(能力にふさわしい)

③ なべに合ったふたをする。ねじの凹凸《おうとつ》を合わせる。時報《じほう》に時計を合わす。
会議はあなたの予定に合わせましょう。話を合わす。

④ 酢《す》と砂糖《さとう》と塩《しお》を合わせる。漢方薬《かんぽうやく》はいろいろの薬草《やくそう》を合わせて使う。(混ぜ合わす)

⑤ コンサートは、楽器の音を合わせるところから始まる。
気の合った仲間と酒を飲む。夫とは性格が合わないので、離婚《りこん》した。

⑥ 岐阜《ぎふ》県と三重《みえ》県を合わせたくらいの大きさ。(一緒にする)

3.「合う」の、その他の意味

① 部屋代と光熱費を合わせると十万円になる。(=合計する)

② さっきからやっているこの計算、何度やっても答えが合わない。(同じにならない)

③ 兄弟で力を合わせて、両親の留守を守る。(協力する)

④ 六時には家を出ないと、七時の新幹線に間に合わない。(時間に遅れる)

練習問題〔三〕

上の文と下の文が正しくつながるように、（　）の中に記号を入れなさい。

〔例〕（ハ）テストの後、隣同志《となりどうし》で
1.（　）君とぼくはいつも
2.（　）宿泊費と交通費を合わせると
3.（　）豆腐《とうふ》のみそ汁には、
4.（　）酢《す》と砂糖と
5.（　）急がないとバスに
6.（　）このケーキは年よりの
7.（　）自分の収入に合った生活をすれば、
8.（　）君の時計は
9.（　）僕の足に合う靴が

イ．口にも合う。
ロ．なかなか見つからない。
ハ．答えを合わせる。
ニ．意見が合わない。
ホ．塩を合わせる。
ヘ．サラ金地獄はない。
ト．ねぎやわかめがよく合う。
チ．一万八千円になる。
リ．間に合わなくなりますよ。
ヌ．合っていますか。

〔四〕あげる・あがる（上がる・揚がる・挙がる）

基本的には下から上への移動を表す。程度をよくする・終わらせるという意味もある。「飛び上がる」「浮き上がる」などの複合動詞が多い。

1. 具体的な意味

① 客を座敷《ざしき》に上げる。

火事はどこだ。向こうに煙が上がっている。

馬が駆《か》けると砂ぼこりが上がる。(＝舞《ま》い上がる)

幕が上がると、そこはおとぎの世界だった。(↕下りる)

② 風呂から上がって飲むビールは、特別おいしい。(＝出る・↕入る)

③ モーターで水をマンションの屋上まで上げている。

2. その他の意味

① そんなに怒ると血圧が上がりますよ。

② 水不足が心配されていたが、この雨で貯水池《ちょすいち》の水位《すいい》が上がった。(水の量が増える)

深夜タクシーに乗ると、メーターがどんどん上がる。(料金が高くなる)

③ 四月から定期代が上がった。(高くなる)

④ 学校に上がる年齢《ねんれい》になると、役所から入学通知《つうち》が来る。(＝行く)

⑤ 料理の腕《うで》が上がったので、食べてみてください。(上手になる↕落ちる)

⑥ 今学期はよく勉強したので、成績が上がった。(↕下がる)

⑦ バイエルが上がって、ツェルニーに進む。(＝終わる)

⑧ 雨が上がったけれど、川の水はまだ増えている。(＝止む・*雪があがる)

⑨ バッテリーが上がって、エンジンがかからない。(＝なくなる)

⑩ 若いころはゲーテに熱を上げていた。(夢中になる)

⑪ 初めての舞台であがって、台詞《せりふ》を忘れてしまった。（落ち着きをなくす）
⑫ 次の首相に二・三人の名前が挙がっています。（候補者として名前が出る）
⑬ 婦女暴行事件の犯人があがった。　証拠《しょうこ》があがる。（表面に出る）
⑭ 昼食会は一人三千円で上がった。（＝済んだ）
⑮ 国を挙《あ》げて、独立記念日を祝う。　一家を挙げて、甲子園に応援に行く。（皆で）
⑯ 父の命日《めいにち》にお坊さんに、お経《きょう》を上げてもらう。　線香《せんこう》・ローソクを上げる。

練習問題〔四〕

下段の「上る・上げる」の用例の内容としてもっともふさわしいものを上段から選び、その番号を（　）に書きなさい。

1. 舞い上がる　（　）面接試験であがって、うまく答えられなかった。
2. 速める　（　）ふとんをたたくとほこりが上がる。
3. 皆で　（　）集中豪雨で琵琶湖《びわこ》の水位が上がった。
4. 水の量がふえる　（　）前の車を追い越そうとしたら、その車もスピードを上げた。
5. 落ち着きをなくす　（　）今日も朝から気温がぐんぐん上がっていく。
6. 登って行く　（　）四国では会社を挙げて、阿波踊《あわおど》りに参加する。
7. 増える　（　）裏の階段から上がってきてください。
8. 暑くなる　（　）給料が上がると税金も上がる。

〔五〕あたる・あてる（当てる・充てる・宛てる）

何かがぶつかったり、他のものに接触《せっしょく》させることが基本的な意味である。適当な役割を果たさせることや、ずばりとそのものを指《さ》す事など、対象が非常に広く多様である。「つき当たる」「言い当てる」などの複合動詞がある。

1. 具体的な意味

① 誠《まこと》がけとばした石が慶太《けいた》に当たった。（↕外れる）
② 激《はげ》しい雨が窓ガラスに当たって、大きな音を立てている。（＝ぶつかる）
③ 四番バッターの打球はバットの芯《しん》に当たった。（↕外れる）
④ 縁側《えんがわ》に日が当たって、猫《ねこ》が気持ちよさそうに寝ている。ぼたんの花の鉢《はち》は、風の当たらないところに置いてください。
⑤ 寒い朝は生徒たちがストーブに当たりながら話している。
⑥ 医者は聴診器《ちょうしんき》を胸《むね》に当てて診察《しんさつ》する。（＝くっつける）

2. その他の意味

① 商店街の歳末《さいまつ》売《う》り出しの福引《ふくびき》で、一等が当たった。（↕外れる）
② この会社の株価は上がるという彼の予想が当たった。（↕外れる）
③ 老人問題を扱ったその小説は当たった。（評判になる）

④ 香織《かおり》さんは私のいとこに当たる。
⑤ 今年はオリンピックが開催《かいさい》される年に当たる。（順番がくる）
⑥ 私の家は三鷹《みたか》駅の北に当たる。（……の方向にある）
⑦ 警察は歳末の特別警戒《けいかい》に当たった。（その任務に就く）
⑧ 数学の時間に真《ま》っ先に当たって、答えが分からなかった。（指名《しめい》される）
⑨ 柔道《じゅうどう》の試合で、一回戦で優勝候補《こうほ》と当たってしまった。（……と対戦する）
⑩ 玉川上水《たまがわじょうすい》に関しては、もう少し古文書《こもんじょ》に当たってみます。（＝調べる）
⑪ 日本銀行《にほんぎんこう》がだめなら、江戸銀行《えどぎんこう》に当たってみよう。（聞いてみる）
⑫ 友達が突然亡くなったので、その両親に宛《あ》ててお悔《く》やみの手紙を書いた。

練習問題〔五〕

次の上段の言葉の意味にもっともふさわしい「当たる」の用例を、下段から選びなさい。

1. 太陽の光が当たっている。
　イ．西日が部屋に当たる。
　ロ．激しい波風《なみかぜ》がキャビンの窓に当たる。
　ハ．射撃《しゃげき》の優勝戦で丸山《まるやま》さんの弾《たま》は的《まと》のど真《ま》ん中に当たった。

2. 田中さんの答えが当たった。
　イ．宝くじが当たった。
　ロ．彼の作る映画はいつも当たる。
　ハ．天気予報が当たった。

3. 私の誕生日はクリスマスに当たる。

イ．来年は創立《そうりつ》三十周年《しゅうねん》に当たる。
ロ．連休《れんきゅう》の宿を旅行代理店に当たってみよう。
ハ．岡本先生は後ろの生徒から当てる。

4. 平田さんは明日の会議の司会に当たっている。

イ．今日は私の炊事《すいじ》当番に当たっている。
ロ．私服の警官が大臣の身辺警護《けいご》に当たる。
ハ．相撲《すもう》は同じ部屋の力士同士《りきしどうし》は当たらないことになっている。

5. 日本語の「本」は中国語の「書」に当たる。

イ．忍者《にんじゃ》は今のスパイに当たる。
ロ．動物を殺すとばちが当たる。
ハ．弾が頭に当たって、その兵隊は死んだ。

〔六〕 置く

物・事がら・人をその場所に持ってくること。

1. **具体的な意味**

① 机の上に本を置く。 荷物はこちらに置いてください。
② (人を残す) 東京に家族を置いて、単身赴任《たんしんふにん》をする父親が多くなった。
(物を残す) 約束の時間に友達を訪ねたが留守だったので、伝言を置いて帰った。
③ 管理人《かんりにん》・事務員・監視人《かんしにん》・ガードマン・お手伝いさんを置く。(A「つける」を参照)
④ お隣《となり》さんはホームステイの学生を置いている。(＝預かる・滞在する)

⑤ こんなにたくさんの本を置く場所がない。(＝保管する)

⑥ 荷物は駅に置いてきたので、後《あと》で取りに行ってください。(＝預ける)

2. その他の意味

① 水仙《すいせん》の球根《きゅうこん》を植えるときは、球根と球根の間を五センチ置くとよい。(＝離す)

② 新しい制度を導入する時は、準備期間を置いたほうがよい。(時間をあける)

③ このケーキは一週間以上置けますよ。(保存ができる)

④ 我が社も新事業展開《てんかい》のための委員会を、置くことになった。(＝作る)

⑤ 信用の置ける人に、会計を任《まか》せたい。(信頼できる人)

⑥ 他社から引き抜かれた工場長は、いま難しい立場に置かれている。(そのような状態にある)

〔七〕 かかる・かける(掛ける・懸ける・架ける)

意味が多様で一つに特定できない。かけるものの範囲がとても広いが、主体に付着している様子を表す。その付着している状態が、ぶら下がっていたり、引っかかっていたり、重なっていたり、二つの物にまたがったり、つないだり、覆《おお》ったり・被《かぶ》ったりしている。主体に力を加えたり、ほかの物を加えたり、対象にかかわろうとしたり、接触《せっしょく》することも意味する。「手がける」「引っかかる」「飛びかかる」などの複合動詞が多い。

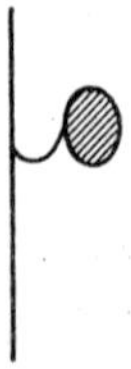
図1

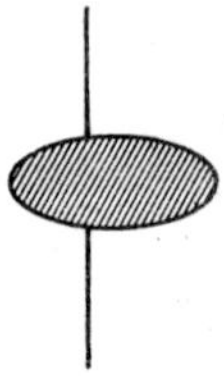
図2

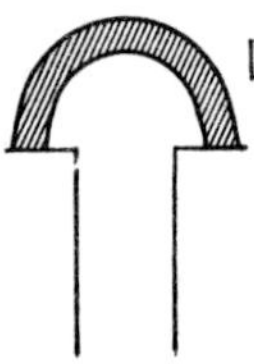
図3

図4

図5

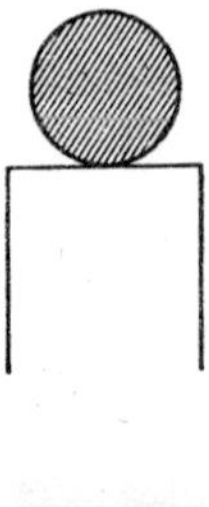
図6

1. 具体的な意味

① 床の間に掛軸《かけじく》をかける。　ハンガーに洋服をかける。（↕外《はず》す）

② 焼きたてのさんまにしょうゆをかける。　今日は床にワックスをかけよう。（図4）

③ 瀬戸内海《せとないかい》に橋をかける。　屋根にはしごをかける。（図3）

④ ガスにやかんをかける。　ベンチに腰をかけて、通る人を眺《なが》める。（＝載せる）（図6）

⑤ 彼女の肩《かた》に優しく手をかける。　富士山《ふじさん》に雲がかかる。（一部分が重なる）（図2）

⑥ 玄関の鍵を忘れずにかけてください。（↕開ける）

⑦ 農薬《のうやく》がかかる。　このダンボールは、雨がかからない所に置いてください。（図5）

⑧ 荷物に紐《ひも》をかける。　犬に首輪《くびわ》をかける。　手錠《てじょう》をかける。（ぐるっと回す）

2. その他の意味

① エンジンをかけたら、変な音がするのに気がついた。（↕切る）
CD・ラジオをかける。（テレビはつけるを用いるが、ラジオは両方用いる。）

② さあ、仕事にかかってください。（＝始める・↕やめる）

③ ブレーキをかける。　コンピュータにかける。　機械にかける。（働かせる）
アイロンをかけてから、ミシンをかけると、きれいに仕上がる。（＝使う）

掃除機《そうじき》をかける。そろそろ髪をカットして、パーマをかけよう。

④ 船便では日数がかかるので、航空便《こうくうびん》にしてください。（日数が必要）
子どもの教育費にお金がかかる。（お金が必要）
上の子は手のかかる子だったが、下の子は手がかからない。（世話が必要）

⑤ 日本では遺産相続《いさんそうぞく》には、高い税金をかける。（課税する）

⑥ 農作業は腰《こし》に負担《ふたん》がかかるので、腰痛《ようつう》に注意したい。（＝加わる）

⑦ 高校の頃はオートバイを乗り回して、親に迷惑《めいわく》をかけた。（困らせた）
この会社を作ったころには妻にはずいぶん苦労をかけた。（苦労させた）

⑧ 海外旅行に行く時は、いつも保険をかける。（＝加入する）

⑨ じゃがいもにトマトをかけて、ポマトができた。（＝交配する）

⑩ 秋から冬にかけて、この岬《みさき》では渡《わた》り鳥《どり》が多く見られる。（秋から冬の間）

練習問題〔六〕

「かかる」の用例の意味にもっとも近い言葉を上から選んで、（　）にその数字を入れなさい。

A
1. 身につける　（　）二月から三月にかけて、入学試験が行われる。
2. 載《の》せる　（　）由美《ゆみ》さんは丸いめがねをかけている。
3. その間　（　）美しい満月に雲がかかってきた。
4. 動かし始める　（　）なべを火にかけて、とろ火で煮込む。
5. 一部が重なる　（　）このジャズのレコードをかけてください。

B

1. 働かせる　（　）貯金《ちょきん》の利子《りし》にも二十パーセントの税金がかかる。
2. 開始する　（　）国際会議の準備には時間がかかる。
3. 必要である　（　）ごはんにカレーをたっぷりかけてください。
4. 課税する　（　）昼食の後でまた仕事にかかる。
5. 上から覆《おお》う　（　）階段も掃除機《そうじき》をかけてください。

〔八〕 切る・切れる（―ヲ切る）（―ガ切れる）

主な意味は切断《せつだん》であるが、やめる・おしまいにする・始めるなど正反対の意味もあり、それは文脈によって判断される。複合動詞の「使い切る」「貸し切る」は、「全部……する」の意味がある。「切る」ものの範囲が広く、道具を使って切断する場合は全て「切る」を用いる。「切れる」は、何らかの力が加わって自然に切断される場合で自動詞。「切る」の可能形も「切れる」であるが、その違《ちが》いは文脈から判断するよりしかたがない。

日本語には「切る」と同じ意味をもつ単語があまりない。「裂《さ》く」「割《さ》く」が「切る」と似た意味をもつが、「生木を裂く」「魚の腹《はら》を割く」など用例は少ない。

1. 具体的な意味

切れ味・切れ切れなどの複合語や言い切る・切り落とす・切り離すなどの複合動詞が多い。

①食パンを切るときは、包丁を温めるとよく切れる。（可能形）
②紙・髪《かみ》・爪《つめ》を切る。　肉を切る。
②背広の袖口《そでぐち》が切れた。（摩擦《まさつ》による切断を表す）
③駅員が手ぎわよく切符を切る。
④かいようができたので、胃《い》を半分切った。（＝手術する）
⑤大雨で堤防《ていぼう》が切れそうだから、すぐ避難《ひなん》するようにと言われた。（＝壊れる）
⑥殿様《とのさま》は義理《ぎり》と人情《にんじょう》の犠牲《ぎせい》になって、腹《はら》を切った。（＝切腹する）

2．その他の意味

①（切れて働かない）あっ、階段の電球がまた切れてる。（自動詞）
（中断）電話が途中で切れてしまった。（自動詞）
②トランプはよく切って配る。（混《ま》ぜ合わせる）
③料金を払わなかったので、電気を切られた。（↕つなぐ）
駐車中は車のエンジンを切ってください。（＝止める・↕かける）
④サラダの野菜は洗ったら、よく水を切ってください。（＝取り除く）
⑤（自動車の）ハンドルを右に切って……はい戻して。（＝回す）
⑥美しい富士山を撮ろうと何時間も待って、ようやくシャッターを切った。（写真を撮る）
〔注〕もっともよいチャンスにシャッターを押すことで、「押す」よりも選択《せんたく》が厳《きび》しい。
⑦母からの手紙の封《ふう》を切る。（＝開ける）
⑧（期限を過ぎる）この牛乳は、明日で賞味《しょうみ》期限が切れる。（自動詞）

（期間が終わる）地下鉄の定期が切れているのに気がつかなかった。（自動詞）

⑩ レポートの提出期限を切る。（＝決める）

⑪ 雨が続いたため、入場者数は最初の予定の百五十万人を切ってしまった。

⑫（なくなる）車が動かないのは、ガソリンが切れたからだ。（自動詞）

（使ってしまう）今日はあいにく酒を切らしている。みそ・しょうゆが切れる。（↔ある）

（間が開く）雲が切れてきたから、この雨も止むでしょう。（自動詞）

⑬ 薬・麻薬《まやく》が切れる。麻酔《ますい》が切れる。（中途《ちゅうと》でなくなる）

〔注〕薬や麻酔《ますい》については、まだ必要であるがなくなった時に「切れる」を用いる。麻酔の場合、それ以上必要がない場合は「麻酔が覚《さ》める」を用いる。

⑭ このごろ階段を昇《のぼ》ると息が切れる。（＝続かない）正座《せいざ》するとしびれが切れる。

⑮ 故障《こしょう》を起こした飛行機からの連絡《れんらく》が切れた。（＝途絶えた）

⑯ 倉庫《そうこ》から事務用品を出すために、出庫《しゅっこ》伝票《でんぴょう》を切る。（＝作る）

⑰ 採算《さいさん》が合わなくなったので、社員の首を切らなければならない。（＝首にする・辞めさせる）

練習問題〔七〕

次の例文の意味に、もっとも近い用例を選んで○をつけなさい。

1. 心臓の手術をする。
   a. 田に鶴《つる》がいたので、思わずシャッターを切った。
   b. 胃《い》を切ったら、がんだったことがわかった。
   c. 髪《かみ》を切ったら頭が軽くなった。

2. 今日はパンを買っていない。
   a. 僕にも玉ねぎが切れた。
   b. ビールを切らしているので、水割《みずわ》りでいいですか。
   c. ベーコンをいためたら、よく油を切ってください。

3. 入学試験が始まる。
   a. 雲が切れて、薄日《うすび》がさしてきた。
   b. だれかが鉄条網《てつじょうもう》を切って、中に入った。
   c. 衆議院《しゅうぎいん》の選挙戦《せんきょせん》のスタートが切られた。

4. 扇風機《せんぷうき》を止めてください。
   a. 納品伝票《のうひんでんぴょう》を切る。
   b. 夫が亡くなったら、夫の父に縁を切られた。
   c. ガソリンを入れるときは、エンジンを切ってください。

5. 定期が切れた。
   a. うるさいからラジオを切ってください。
   b. 税金の納付期限《のうふきげん》が切れた。
   c. 改札口で切符を切る。

6. 伝票を切る。
   a. 現金では困るので、小切手《こぎって》を切りましょう。
   b. 野球の入場者が三万人を切った。
   c. 論文の提出期限を切ります。

〔九〕たつ・たてる（立つ・建つ）

縦《たて》にまっすぐにする。下から上に向けての動作。出発や始まりから、時間の経過も表す。似た動作の「上がる」は上に向けての移動が主な意味であるが、「立つ」は方向に重点があり、移動しなくてもよい。

「立て込む」「立ち上がる」などの複合動詞が多い。

1. 具体的な意味

① 長い間正座《せいざ》していたので、足がしびれて立てない。（↕座る）
② 運動会の準備で旗《はた》を立てる。立て札を立てる。
③ 木枯《こが》らしが吹いて寒くなったので、人々はコートの衿《えり》を立てている。（まっすぐにする）
④ 兎は長い耳をぴんと立てて、用心《ようじん》している。（↕寝かせる）
⑤ ジープが砂ぼこりを立てて山道を走り回る。（舞い上げる）
　ほこり・湯気《ゆげ》・煙が立つ。（＝湯気・煙が上がる）
⑥ 住宅ローンを借りて、自宅を建てることを決心した。

2. その他の意味

① 課長はただいま席を立っておりますが、すぐ戻《もど》ります。（＝離れる）
② 初めて教壇《きょうだん》に立った時は、胸《むね》がどきどきした。（教える）

③ 彼女は舞台《ぶたい》に立つと、とても若く見えた。（演じる）
④ 転勤で明日北海道《ほっかいどう》にたちます。（＝出発する）
⑤ おてんば娘が澄《す》まして、お茶をたてる。
⑥ 真夜中《まよなか》の道路工事で大きな音を立てるので、みんな困っている。（＝出す）
⑦ 日曜日はここに朝市《あさいち》が立つので、朝早く来るとよい品が買える。（＝開かれる）
⑧ 元日に立てた計画は三日坊主で終わった。（＝決めた）
⑨ 冷凍食品も使いかたによっては役に立つ。（便利である）
⑩ そんなうわさが立つと会社の信用を落とすから、今のうちにもみ消そう。（皆に知られる）
⑪ 三十分たったら、電話を入れます。（＝過ぎる）
〔注〕風呂を立てる（＝沸かす）、障子《しょうじ》・雨戸《あまど》を立てる（＝閉める）などは最近使われなくなった。

練習問題〔八〕

次の文の――の言葉の意味にもっとも近い用例を選び、記号に○をつけなさい。

1. まっすぐにする
 a. 画家の銅像《どうぞう》を建てる。
 b. コートのえりを立てる。
 c. 煙突《えんとつ》から煙が立つ。

2. 皆に知られる
 a. この店は遅くまで開いているので役に立った。
 b. この店はとても安いという評判が立った。
 c. この店は二人の暮らしを立てるために開いた。

3. 開かれる
 a. 海は大波《おおなみ》が立っている。
 b. ここに新しいスーパーが建つ。
 c. 天神様《てんじんさま》の縁日《えんにち》には市が立つ。

4. 決《き》める
 a. 旅行の予定を立てて、早く予約をしましょう。
 b. 水泳の平泳《ひらおよ》ぎで新記録《しんきろく》を立てた。
 c. その男が犯人《はんにん》だという噂《うわさ》が立った。

5. 発生する
 a. しーっ！　声を立てちゃだめ！
 b. ビルの解体《かいたい》で騒音《そうおん》を立てて、御迷惑《ごめいわく》をおかけしました。
 c. 屋上に看板《かんばん》を立てる。

6. 時間が過ぎる
 a. そんなに泡《あわ》ばかり立てないでよく洗いなさい。
 b. 卒業してもう二十年もたった。
 c. 裁判の証人に立つ。

〔十〕つく・つける（付く・着く・就く）（〜ガ〜ニ付く）（〜ニ〜ヲ付ける）

主体に何かが加わったり付着することが、本来の意味である。「近づく」「くっつく」「つけ加える」などの複合動詞が多い。特に漢字表記が必要でない場合は、かな書きでよい。

1．具体的な意味

① ボタンをつける。会議に参加のみなさんは、左胸《ひだりむね》に名札《なふだ》をつけてください。（↕とる）
ばらのつぼみに害虫がつくと困る。
② 階段に手すりをつける。電気屋にたのんで、急《いそ》いでクーラーをつけてもらった。（＝取りつける）
③ 私の部屋には、風呂がついていない。この列車《れっしゃ》には食堂車がついている。（＝ある）
④ 子どものキャラメルにはおまけがついている。
⑤ 香水《こうすい》・薬《くすり》をつける。写真にのりをつけてはる。（＝塗る）
⑥ 部長について、ニューヨークまで行かなければならない。親の後についてくる。
（＊課長について社長も行く。↓社長について課長も行く。または、社長は課長も連れていく。）
〔注〕上位者について下位者が行く。下位者を連れて上位者が行く。
⑦ 息子がよい中学に入れるようにと家庭教師をつける。付き添《そ》いをつける。護衛《ごえい》をつける。
〔注〕「管理人《かんりにん》を置く」は単独《たんどく》の仕事に就《つ》いてもらう場合で、「つける」はある人のそばでその人のために働く場合に用いる。

2．その他の意味

① ストーブをつけたまま、外出しないでください。（↕消す）
② テレビ・ラジオをつける。（↕消す）
③ 白いブラウスにしみがついた。（跡《あと》が残る）

④ 雪の上にうさぎの足跡《あしあと》がついていた。 犯人の指紋《しもん》がついたナイフが見つかった。
⑤ 探偵《たんてい》が怪《あや》しい人の後をつける。(＝尾行《びこう》する)
⑥ 成田に着いたときは、とても疲《つか》れていた。(＝到着《とうちゃく》する)
⑦ 去年庭に植えた桜の木がうまくついて、花が咲いた。(枯れずに育つ)
⑧ 煮物《にもの》の味をつけるのは、母が上手《じょうず》だった。(調味料《ちょうみ》を加える)
⑨ 試験の成績《せいせき》をつける。 毎日日記をつけていますか。
⑩ この作文は漢字のまちがいが、目につく。 汚《よご》れが目につく。(＝見つける)
⑪ 大事な書類をタクシーの中に忘れたことに、気が付《つ》かなかった。
⑫ 車の音が耳について、一晩中《ひとばんじゅう》眠れなかった。 においが鼻《はな》につく。(＝感じる)
⑬ 最近管理職《さいきんかんりしょく》に就《つ》く女性が増えてきた。(＝就任《しゅうにん》する)
⑭ 寝台車は飛行機より高くつく。(値段が高い)
⑮ 銀行にお金を預《あず》けると利子《りし》がつく。(ふえる)
長い下り坂はスピードがつくので、気をつけよう。(＝加わる)
⑯ 正雄《まさお》くんはうそをついてもすぐばれる。(＝言う)
⑰ この店の靴は、はき心地がいいので多くの客がついている。(↔離れる)
⑱ 子どもの名前をつける。 美術品の値段をつける。(＝決定する)
⑲ 公団住宅に入るには、いろいろな条件《じょうけん》がつく。(＝ある)
⑳ 宇宙《うちゅう》に関しては、説明のつかないことがいろいろある。(＝出来ない)
㉑ 一度うまくいくと、自信がつく。(↔失う) この問題集をやれば実力がつく。(出てくる)
㉒ 今日はついてないなあ、滑《すべ》って転《ころ》んで骨折《こっせつ》した。(幸運に恵まれない)

練習問題〔九〕

次の用例にもっとも近い意味の用例を選んで、（　）にその数字を入れなさい。

一、あき子さんにはその犬のくせが分かった。（　）

1. 浜辺《はまべ》で日光浴《にっこうよく》をしたら、サングラスの跡がついた。
2. 階段に手すりをつける。
3. ガスをつけるのが、こわいという子もいる。
4. 社長を退いて、会長の椅子《いす》についた。
5. 黒船《くろふね》で来たペリーは、日本人が勤勉《きんべん》なことに気がついた。

二、長い下り坂でスピードがあがった。（　）

6. この列車には食堂車がついている。
7. 猫に名前をつけるのはやさしいが、子どもの名前は難しい。
8. あの歌手には、多くのファンがついている。
9. 毎日千メートル泳いだら、体力がついてきた。
10. 毎日日記をつけていますか。

〔十〕通《とお》る・通《とお》す・通《かよ》う・通《つう》じる

自動詞「通る」は通過して終点に行く過程に重点があり、一時的な行為を表し、片道でもよい。

「通う」は何度も行き来すること。「通す」は初めから終わりまでずっとという意味がある。「トンネルを抜ける」は向こうに出ることに重点があり、「過ぎる」はある地点《ちてん》を通過することである。「越《こ》える」は一番高い所の向こうへ行くことを意味する。

1. 具体的な意味

① この道は、あまり車が通らないので静かだ。食べ物がのどを通る。(=通り過ぎる)
② 裕子《ひろこ》はバスで学校に通っている。
③ 老眼《ろうがん》になると、針《はり》に糸《いと》を通すのが難しい。大根《だいこん》ははしが通るまでよく煮《に》る。(むこうに抜ける)
④ 豚肉は中までよく火を通してください。(十分煮たり焼いたりすること)
⑤ この布地《ぬのじ》は空気は通すが水は通さない。
⑥ 客を座敷《ざしき》に通す。(=案内する)

2. その他の意味

① 治子《はるこ》さんはよく通る美しい声で歌を歌った。(=聞こえる)
② 地震で電話が通じない。(=つながらない)すべての道はローマに通じる。
③ この町に高速道路が通ることになったが、反対運動が起こった。(=開通する)
④ 弁護士を通して裁判の手続きをする。通訳を通して話す。(他の人を間に置く)
⑤ 俊雄《としお》さんは五年もかかって、ようやく司法《しほう》試験に通った。(=合格した)
⑥ 夫は毎朝三つの新聞に目を通してから会社に行く。(読む)

⑦ 渡辺《わたなべ》さんは韓国《かんこく》の経済に通じた人である。（よく知っている）
⑧ 予算案《よさんあん》が国会を通る。（国会で認められる）
⑨ 早川《はやかわ》さんは菜食主義《さいしょくしゅぎ》を通すつもりだ。（＝貫く）
⑩ 時計がこわれていたから遅刻した、という言いわけは通らない。（認められない）
⑪ 私のへたな英語がメアリーさんに通じた。（相手《あいて》が理解すること）
⑫ この会社は名の通った会社だから、信用しても大丈夫でしょう。（知られている）

練習問題〔十〕

一、次の下段の用例にもっともふさわしい語を、上段から選んでその番号を（　）に入れなさい。

1. 合格した　（　）あの医者は赤ひげ先生で通っている。
2. 通り抜ける　（　）この道は女学生が学校に通う道だ。
3. 何度も通る　（　）通訳を通して話をする。
4. むこうに抜ける　（　）この部屋は風がよく通る。
5. 他の人を間に置く　（　）広瀬《ひろせ》さんは航空機に通じている。
6. よく知っている　（　）益田《ますだ》さんは一生を独身《どくしん》で通した。
7. 知られている　（　）三年半かかってようやくトンネルが通った。
8. 主義を貫《つらぬ》く　（　）孝司《こうじ》は有名中学の入試に通った。

二、次の文の（　）のa～cの中から適切なものを選んで○をつけなさい。
1. 駅からデパートまで地下街《がい》を（a. 越えて　b. 通って　c. 抜けて）きた。
2. 新幹線が米原《まいばら》を（a. 過ぎる　b. 越える　c. 抜ける）ころ、雪が降り出した。
3. 踊《おど》り子《こ》は天城峠《あまぎとうげ》を（a. 過ぎて　b. 越えて　c. 抜けて）来た。
4. 中央自動車道《ちゅうおうじどうしゃどう》を（a. 過ぎて　b. 越えて　c. 通って）、名神《めいしん》高速道路に入った。
5. 道路の混雑緩和《かんわ》のためにバイパスを（a. 通る　b. 通す　c. 通じる）ことになった。
6. トンネルを（a. 抜ける　b. 越える　c. 通る）と、すぐに大仏《だいぶつ》があります。
7. アッピア街道はローマに（a. 通って　b. 抜けて　c. 通じて）いる。
8. 子どものころ学校に（a. 通う　b. 通る　c. 過ぎる）道には、花や虫がいっぱいだった。
9. 手で掘っていたころはトンネルが（a. 通う　b. 過ぎる　c. 抜ける）までに、何年もかかった。
10. 野生動物にも人間の気持ちは（a通じる　b通う　c通る）ものだ。

〔三〕　とる・とれる（取る・採る・撮る・捕る）（―ヲとる）

主に手に持つことを表すが、意味が広がり、自分のものとすること・抽象的な事がらの獲得《かくとく》も表す。「何を」とるかによって意味が決まるが、その範囲《はんい》が非常に広い。「取り壊《こわ》す」「ぶんどる」などの複合動詞が多い。

1．基本的な意味ー実体のあるものを取る。

①（手に持つ）はしを取る。（↕置く）ちょっと、塩を取ってください。
（手でさわる）品物を手に取って、よく見てから買ってください。

②魚・虫・鳥を捕《と》る。朝早く起きて甲虫《かぶとむし》を捕《と》りに行ったころが懐《なつ》かしい。（＝捕《つか》まえる）

③山菜《さんさい》・きのこ・花を採《と》る。このたけのこは、今朝《けさ》山で採れたばかりです。（自然にあるもの）

④北海道ではおいしいじゃがいもがとれる。（人間が植えたもの）

⑤庭の草は取っても取ってもすぐ生《は》えてくる。盲腸・こぶ・いぼを取る。（＝取り除く）
この地域は火・金曜日にごみを取りにくる。（＝集める）

⑥鍋《なべ》のふた・おわんのふたを取る。（↕する）

⑦暑いですから、どうぞ上着をとってください。（↕着る）帽子《ぼうし》をとる。（↕被る）

⑧突然覆面《とつぜんふくめん》をした男が、現金袋を取って逃げた。（＝奪う）百人一首を取る。

2．その他の意味

①早く行って、あなたの席も取ります。新幹線《しんかんせん》の指定券《していけん》を取る。

②モルヒネでがんの痛みを取る。風呂《ふろ》は一日の疲《つか》れを取る。（＝取り除く）

③美人の看護婦に脈《みゃく》をとってもらいたい。（＝測る）

④明日の朝、胃《い》のレントゲンを撮《と》りますから、朝の食事はしないこと。（＝映す）

⑤そのとき、船の舵《かじ》を取っていたのは船長だった。自動車のハンドルを取る。（＝運転する）

⑥もう疲《つか》れたので、床《とこ》を取ってください。（＝準備する）

⑦うちは新聞を二つ取っている。（配達してもらって読む）

ちょうどお昼だから、寿司でも取りましょう。（配達してもらう）

⑧ 30インチのテレビは、小さな居間《いま》では場所をとる。（＝占《し》める）

⑨ 春休みに運転免許《めんきょ》を取ります。　博士号《はかせごう》を取る。

⑩ 来月まとめて休暇を取りたい。

⑪ 毎年新入社員を30名くらい採るが、半分くらいはすぐ辞《や》める。（＝採用する）

⑫ 子どもたちがこんなに大きくなって、私たちも年を取ったんですね。

⑬ 講義のノートを取る。　新聞記者が要領《ようりょう》よく、メモを取る。（＝記入する）

〔注〕「取る」は目の前で見たり聞いたりしたことを文字にすることである。

（＊帳簿《ちょうぼ》をとる→帳簿をつける）（Aつけるを参照）

⑭ 命を取られるより、持っている物を全部渡したほうがよい。（＝殺される）

⑮ 入り口で会費を取られた。　ここに車をおくと、駐車料金を取る。（お金を払わされる）

⑯ サラダばかり食べないで、まんべんなく栄養《えいよう》をとったほうがよい。

（＊朝食・昼食・夕食をする。↓とる）（○食事をする・とる）

⑰ 吸《す》い物のだしは昆布《こんぶ》と鰹節《かつおぶし》でとる。（中から取り出す）

⑱ この問題の責任は私が取ります。（責任を持つ）

練習問題〔十一〕

次の単語の意味にもっともふさわしい用例を選んで、（　）にその番号を入れなさい。

1．取り除く　（　）心理学《しんりがく》の講義のノートをとる。

2．配達してもらう　（　）国立美術館は入場料をとる。
3．記入する　（　）喪服《もふく》についた糸くずをとる。
4．写す　（　）そば屋に電話をして、そばをとる。
5．脱ぐ　（　）昔はこの辺りで松茸《まつたけ》がたくさんとれた。
6．お金を集める　（　）神社《じんじゃ》でおはらいを受けるときは、帽子《ぼうし》をとってください。
7．自然にあるものをとる　（　）明日卒業記念の写真をとります。

〔三〕抜く・抜ける

中にしっかりと収まっている物を取り出すことが主な意味である。「抜ける」は自然に抜いた状態になるという意味の自動詞で、可能動詞も「抜ける」である。似た意味の「引く」は上下左右から、力を入れて自分の方に近づけることである。「他人を出し抜く」「引き抜く」などの複合動詞が多い。

1．具体的な意味

① ワイン（のコルク）を抜く道具はいろいろある。
今日は歯《は》を抜いたので気分が悪い。
② 子どもたちが喜ぶ動物の形をしたクッキーの型を抜く。（その形にする）
③ 秋になると髪《かみ》の毛がよく抜ける。（自動詞）

2. その他の意味

① 寿司《すし》のわさびは抜いてください。(↕効かせる・入れる) 塩・あくを抜く。(＝取り除く)

② 離婚《りこん》をしたので籍《せき》を抜く。(↕入れる・戸籍を別にする)

② 自転車(タイヤ)の空気が抜けた。(↕空気を入れる)

③ 掃除《そうじ》の手を抜いて、四角い部屋を丸く掃《は》く。(簡単にする)

寝《ね》ぼうをして、朝飯《あさめし》を抜く。あいさつは抜いて、さあ、一杯《いっぱい》やりましょう。(＝省《はぶ》く)

④ (貫通) 長年の難工事《なんこうじ》が終わり、ついにトンネルが抜けた。(可能形)

(壊《こわ》れる) そんなにみんなで暴《あば》れたら、床が抜けるよ。(自動詞)

〔注〕「トンネルが抜ける」はトンネルの穴の完成を意味し、その途中の動作は「トンネルを掘る」という。

⑤ このトンネルを抜けると、海が見える。(自動詞)

ようやく渋滞《じゅうたい》を抜けた。(可能形)

⑥ 準急《じゅんきゅう》は急行《きゅうこう》に抜かれます。オートバイは自動車を抜いてスイスイ走る。(＝追い越し)

⑦ この書類《しょるい》にはサインが抜けています。この名簿には先生の名前が抜けている。(＝もれる)

⑧ ババ抜きでババを抜く。(＝引く)

⑨ 彼の歌は群《ぐん》を抜いてうまい。(他に比べて特別)

〔十四〕 ひく(引く・退く)

物を自分の方に力を入れて近づけることが主な意味である。物・事柄の一方から他方への移動であるが、自ら動いて行くのではなくて、何かの力につられていくことも意味する。似た意味の「抜く」も同じ方向への動作であるが、対象物はしっかりと中に収まっているものでそれを外に出すことである。（＊ドアを抜く＝引く）

引っ張る・引きずるなどの複合動詞が多い。

1．具体的な意味

① このレバーを引くと、本棚が回転して酒の棚になる。（＝引っ張る・↔押す）

② 子どもの手を引く。レッカー車が事故車《じこしゃ》を引く。

③ だれが茶《ちゃ》わんを洗うか、くじを引いて決めよう。初《はつ》もうでに行っておみくじを引いた。

④ 長くすそを引いた花嫁衣装《いしょう》がとても美しかった。（＝引きずる）

2．その他の意味

① 長い間プロパンガスを使っていたが、ようやく都市《とし》ガスを引いた。電話を引く。

② 分からない単語が出てきたら、すぐ辞書《じしょ》を引こう。（＝調べる）

③ 図面《ずめん》を引く。歩道のない道路は白い線を引いて、歩道にしている。（＝書く）

④ 給料《きゅうりょう》から税金《ぜいきん》・保険料《ほけんりょう》を引かれた。（＝引き去る）

⑤ 若者《わかもの》が「うっそお・それでえ」と語尾《ごび》を長く引いて話す。（＝のばす）

⑥ 旅館《りょかん》の番頭《ばんとう》が駅で客を引く。白タクが客を引く。（＝誘う）

⑦ 大雨でこの辺《あた》りも水が出たが、雨がやんだらすぐ水は引いた。（↔増す）

⑧ テニスの後、木陰《こかげ》で休んだから汗が引いた（↔出る）

⑨ 岡田《おかだ》さんは母親の血を引いて、音楽の才がある。（才能を受け継ぐ）
⑩ 彼は商売《しょうばい》の神様といわれ、よく例に引かれる。（＝挙げられる）
⑪ 努《つとむ》さんは理砂《りさ》さんの優《やさ》しさに引かれて結婚した。（好きになる）
⑫ 会社では第一線を退いて、窓際《まどぎわ》にいる。身を退く。
⑬ 飛び出した子どもをひいてしまった車がそのまま逃げた。（事故を起こす）

練習問題〔十二〕

次の（　）に「抜く」「ひく」を適切な形にして入れなさい。

1. 機関車《きかんしゃ》が貨車《かしゃ》を（　）。
2. ビールの栓《せん》を（　）てください。
3. 山の美しさに（　）て、山小屋《やまごや》の主人になった。
4. 次の駅でこの急行は準急を（　）ます。
5. ポットのコンセントを（　）てください。
6. 漢字が分からなければ辞書を（　）なさい。
7. 押してもだめなときは（　）てみるとよい。
8. 親知らず（歯）が痛いので、歯医者で（　）てもらった。

Aグループ練習問題

一、上の文の動詞の意味にもっとも近い用例に○をつけなさい。

1. 市役所に婚姻届《こんいんとどけ》を出した。
　イ．昨日は宿題がたくさん出た。
　ロ．本の中からへそくりが出てきた。
　ハ．作文を書いて先生に出した。

2. 金庫に重要書類を入れる。
　イ．荷物を倉庫に入れる。
　ロ．子どもを有名中学に入れる。
　ハ．母への手紙に写真を入れる。

3. 村をあげて祭の準備をする。
　イ．花火が揚がる。
　ロ．一家を挙げて客を歓迎《かんげい》する。
　ハ．荷物を船から揚げる。

4. 綱引《つなひ》きの綱が切れた。
　イ．洗ったレタスの水を切る。
　ロ．食パンが売り切れた。
　ハ．雪の重みで電線が切れた。

5. 郵便で送ると日数がかかる。
　イ．子どもの教育費《きょういくひ》に金がかかる。
　ロ．ベッドにカバーをかける。
　ハ．神仏に願《がん》をかける。

6. 庭の雑草をとる。

イ. 花見の場所を取る。
ロ. 服についた糸くずを取る。
ハ. 山に行ってきのこを採った。

7. この書類には部長のサインが抜けている。

イ. 髪の毛が抜ける。
ロ. この全集《ぜんしゅう》には三巻が抜けている。
ハ. アルコールを抜いた宴会《えんかい》にしよう。

8. かばんを会社に置いてきた。

イ. 菊《きく》の鉢《はち》を窓辺《まどべ》に置く。
ロ. ベッドを置く場所がない。
ハ. 犬を家に置いて旅行に出た。

9. 子供のガムにはおまけがついている。

イ. 一度うまくいくと自信がつく。
ロ. 折れた部品をのりでつける。
ハ. この教科書にはテープがついている。

10. 交通費と食費を合わせて二千円もらった。

イ. 妻と夫の収入を合わせる。
ロ. 椅子《いす》を身長に合わせる。
ハ. 音楽に合わせて踊る。

二、次の文の正しいものを○でかこみなさい。

1. 花子《はなこ》さんはいつも冗談を｛イ. して／ロ. 言って／ハ. やって｝みんなを笑わせます。

2. 夫と二人で信濃路《しなのじ》を旅{イ．する　ロ．して　ハ．行って}います。

3. このさつまいもは裏の畑で{イ．できた。　ロ．なった。　ハ．やった。}

4. 毎日日記を{イ．する　ロ．とる　ハ．つける}のが、私の日課《にっか》です。

5. 次郎《じろう》さんは眼鏡《めがね》を{イ．かけて　ロ．できて　ハ．つけて}いません。

6. 私は日本語をa{イ．する。　ロ．できる。　ハ．話す。}
あなたは中国語がb{イ．する。　ロ．話せる。　ハ．話す。}

7. 僕は大学の入試に不合格とa{イ．した　ロ．なった　ハ．できた}が、親友の伊藤《いとう》君は合格b{イ．した。　ロ．なった。}

8. 私はたばこはa{イ．する　ロ．吸う}が、酒はb{イ．し　ロ．飲ま}ない。

三、次の文の（　）の中に、「つける・かける・抜く・切る・取る」を適切な形にして入れなさい。

1. 雨上がりの道を歩いていたら、車に泥水《どろみず》を（　）られた。
2. 何か大きな事故があったようだから、テレビを（　）見よう。
3. 自動車のエンジンを（　）とたん、爆発《ばくはつ》した。
4. 通勤定期が（　）いるのに気がつかなかった。
5. そんなにしょうゆを（　）と、塩分のとりすぎになりますよ。
6. 渋滞《じゅうたい》している道路では、オートバイが車を（　）いく。
7. 梅の枝が伸びたので、（　）ましょう。
8. この書類には日付が（　）います。
9. 一日《ついたち》は仙台《せんだい》に出張するので新幹線の切符《きっぷ》を（　）ほしい。
10. わかめは水につけて、塩を（　）ください。
11. 久しぶりに山登りをしたが、リュックサックの重みが肩に（　）苦しかった。
12. キャベツをきざんでいたら指を（　）。

四、次の文を例にならって、反対の意味に書き換えなさい。

(例)　章子《あきこ》さんは何時に家を出ますか。↓　家に帰りますか。

1. 水道の水を出してください。↓
2. 自動車のエンジンを切ってください。↓

3. 壁《かべ》の写真を外す。↓
4. 芦野《あしの》さんの天気予報《よほう》はよく外れる。↓
5. この犬の耳は寝ている。↓
6. お皿をしまってください。↓
7. 哲朗《てつろう》は証券会社に入った。↓
8. 恋人と六本木《ろっぽんぎ》で別れた。↓
9. 光一《こういち》の今学期の成績は下がった。↓
10. 新宿《しんじゅく》のネオンサインが消えた。↓
11. 雨が上がる↓
12. 直美《なおみ》さんはピアノの発表会で落ち着いていた。↓

五、次の文の動詞に間違いがあれば——線で消して、（　）に正しい動詞を入れなさい。間違いがないときは（　）に○を入れなさい。

(例)　啓介《けいすけ》さんは赤いネクタイをしています。(○)
　　梓《あずさ》さんは茶色のハイヒールをいます。(はいて)

1. 景色《けしき》を見ながら運転すると事故をする。（　）
2. お父さんはいつもたばこを吸っています。（　）
3. 私は毎朝シャワーを洗います。（　）
4. 私の母はたばこをしません。（　）
5. そんなに塩分をすると、血圧《けつあつ》が高くなりますよ。（　）

6. 弟は高校入試に合格したが、兄は大学入試に不合格した。（　）
7. 料理もろくにできない娘が結婚したが、うまくやっていけるかなあ。（　）
8. 日本語は話せるようになったが、漢字はできない。（　）
9. 庭の梅の木に、青い実ができている。（　）
10. 台風が近づいたので、天気が悪くした。（　）

Bグループ　比較的意味や用法が限られる動詞

学術《がくじゅつ》・政治《せいじ》・産業などの専門分野に関する動詞は除《のぞ》いた。

第一章　社会生活――人間関係・教育・職業など

〔一〕　相互関係

1.　好悪《こうお》の判断《はんだん》が入った対人《たいじん》関係

イ　好意的《こういてき》な態度や行動《こうどう》

①敬《うやま》う　勉強は苦手《にがて》だったが、先生を敬《うやま》う気持ちはだれにも負けなかった。

②慕《した》う　岡田《おかだ》先生が教え子に慕われているのは、必ず長所《ちょうしょ》を見つけて褒《ほ》めるからだ。

（敬愛《けいあい》の気持ち。女性が恋心《こいごころ》を表す言葉としても使われる）

③惚《ほ》れる　強きをくじき弱きを助ける益田《ますだ》さんの人柄《ひとがら》に惚れましたよ。

（強く心引かれる。対象《たいしょう》は人・才能《さいのう》・人格《じんかく》だけでなく文学作品のようなものも含む。恋愛感情を表すには「好き」「慕う」「首ったけ」など、ほかの表現に代えるほうが多い）

④可愛《かわい》がる　隣の家のお姉《ねえ》さんは、私を実の妹のように可愛がってくれました。

〔注〕ほかに名詞・形容詞を組み合わせて「(「する」「なる」「あう」)などを使った表現が多い―例、愛する　親しくする(なる)・好きになる・気が合う。」(Aグループ参照)

ロ　反友好的な態度や行為

①威張《いば》る　父親の立場《たちば》から息子《むすこ》たちには威張っているが、女房《にょうぼう》には頭が上がらない。

②あざける　人がどんなにあざけっても、私はあなたの味方になります。

③軽蔑《けいべつ》する　相手によって横柄《おうへい》になったり、卑屈《ひくつ》になったりする人は軽蔑します。

④侮《あなど》る　女だと侮ってはいけません。あの人は工学博士です。

⑤からかう　ユーモアの分からない人をからかうと、たいへんな目にあうよ。

⑥ひやかす　a.(悪意のないからかい)夜の付き合いを断ったら、恋人ができたのかって同僚《どうりょう》にひやかされた。
b.(買う目的なしに寄る)銀座通りの高級店をひやかして歩くのも楽しい散歩です。

⑦いじめる　どんなにいじめられても泣かなかった彼が、人の親切には泣いた。

⑧憎む　あの人の裏切《うらぎ》りは憎んでも憎みきれないほどです。

⑨妬《や》く　相手がほかの女性と言葉を交わしただけで妬《や》くほど、情《じょう》の深いのも困ったものだ。

⑩だます　a.この会社は、普通のミネラル・ウォーターをやせる薬とだまして売っていた。
b.だまされたと思って食べてごらんなさい。ね、おいしいでしょう。

⑪くわせる　a.(だます)あの新入生《しんにゅうせい》が生意気《なまいき》なので、一杯くわせて、恥をかかせてやった。

b．（反撃）人（話者あるいは第三者を指す）のすることに文句をつけるので、（相手に向かって）自分でやれと逆《さか》ねじをくわせた。

⑫ごまかす　ごまかさないで、素直《すなお》にありのままを話しなさい。

⑬避《さ》ける　意見が食い違ったことがあって、それ以後、あの人、私を避けるのよ。

⑭逃げる　彼は面倒《めんどう》な仕事となるとすぐ逃げてしまう。

⑮そらす　a．山川《やまかわ》さんに結婚の話を持ち出すと、すぐに話をそらす。

b．答えたくないことを問われて、綾子《あやこ》は目をそらした。

⑯隠《かく》す　あいつのやることといったら、『頭隠して、尻《しり》隠さず』だ。

⑰すっぽかす　あいつは、デートをすっぽかしてまで、研究にのめり込んでいる。

2．対人関係

次の①から⑥までの行為は、話者が恩恵《おんけい》の気持ちを込めて、テ形＋クレル／アゲルの形で使う場合が多い。

①守る　いつも悪童《あくどう》から私を守ってくれたのは、正男《まさお》さんでした。

②励《はげ》ます　大学受験を前に自信をなくしかけている友を仲間で励ました。

③慰《なぐさ》める　今では、上司《じょうし》にしかられてしょげている新入社員を慰め、励ます立場になった。

④助ける　a．（補助）足《あし》の不自由《ふじゆう》な人が階段《かいだん》で困っているのを助けてあげました。

b．（救助）先生、お願いです、この子の命を助けてください。

⑤手伝《てつだ》う　稲刈《いねか》りを手伝って、収穫《しゅうかく》の喜びを味わった。

⑥世話《せわ》する　a．（面倒《めんどう》をみる）看護婦《かんごふ》としてたくさんの患者さんを世話しています。

b.（紹介・仲介《ちゅうかい》）なじみの不動産屋が安い土地を世話すると言ってきた。

⑦構《かま》う

a.（世話）「いつまでも息子に構っていると、かえっていやがられるよ」と母にいわれた。

b.（容認《ようにん》）「暑くなったので窓を開けても構いませんか」「いいですよ／ええ、構いませんよ」

〔注〕拒否するときは、「紙が散らばるので、片づけるまで待ってください」など別の表現で理由を説明する。（「※いいえ、構います」）

⑧頼《たよ》る

人に頼らないで、自分の力でやってみなさい。

⑨謝《あやま》る

つべこべ言いわけをしないで素直に謝れば、相手も許してくれたのに。

⑩許《ゆる》す

親が私たちの結婚《けっこん》を許さなかったので、二人《ふたり》だけで結婚式を挙《あ》げた。

⑪扱《あつか》う

僕を一人前の大人《おとな》として扱ってください。

⑫あしらう

a.（応対）酔《よ》っぱらいの言うことには、逆《さか》らわず、適当《てきとう》にあしらうのが無難《ぶなん》だ。

b.（組み合わせる）胸の辺《あた》りに花をあしらうと、見違《みちが》えるほど華《はな》やかに見えるでしょう。

⑬関《かか》わる

難民救済《なんみんきゅうさい》運動に関わって、いっそう人権を守ることの意義《いぎ》を知った。

⑭組《く》む

作業《さぎょう》は、三人ずつ組んで、それぞれ分担《ぶんたん》を決めてから行《おこな》ってください。

⑮競《きそ》う

首相が演説を終えて壇上から降りると、人々は競って握手《あくしゅ》を求めた。

⑯命《めい》ずる

部長からこの地域のマーケット・リサーチを命じられた。

⑰従《したが》う

a.（服従《ふくじゅう》）今回《こんかい》は君の意見に従って、医者に行くよ。

b.（随行《ずいこう》）社長に従ってアメリカ一周《いっしゅう》の旅に出た。

⑱連《つ》れる　a.（同行）生徒をつれてコンピュータ会社の見学に行こうと考えている。
〔注〕生物だけに使える
b.（経過）（自動詞）苦しかったことも時がたつにつれて忘《わす》れていきました。

3　願望《がんぼう》・要求《ようきゅう》

①祈る　君の成功を心から祈っている。

②願う　a.（願望）妻は夫の出世のみを願って、夫を苦しませた。
b.（要請《ようせい》）お静かに願います。

③望む　良識のある人なら安全で平和な世の中になることを望んでいるはずです。

④頼《たの》む　a.（依頼《いらい》）今から出かけるから、しっかり留守番《るすばん》を頼みますよ。
b.（懇願《こんがん》）頼むから静かにしてよ。

⑤求める　a.『助けて！』と救いを求める声がした。（他者の自発的《じはってき》な行為を願う気持ちがこめられている）
b.（入手）たいていの外国書籍《しょせき》は「世界書房《しょぼう》」で求められます。
c.（求人《きゅうじん》）ブラジル語と日本語の翻訳者《ほんやくしゃ》を求めている。

⑥要求《ようきゅう》する　住民《じゅうみん》は市《し》に水道《すいどう》の徹底的《てっていてき》な水質調査《すいしつちょうさ》を要求した。
（「求める」よりはっきり自分の意向を表す）

⑦ねだる　旅行に一緒に連れていってと夫にねだったら、簡単にオーケーしてくれた。
（甘《あま》えて要求する）

⑧せがむ　百貨店に子どもを連れて行けば、玩具《おもちゃ》をせがまれるに決まっている。

⑨せびる　大人《おとな》になっても親にこづかいをせびるとは嘆《なげ》かわしい。（限度《げんど》を越《こ》えて求める）
⑩応《おう》じる　新空港《しんくうこう》のための総合開発《そうごうかいはつ》の国際入札《こくさいにゅうさつ》に十五の企業《きぎょう》グループが応じた。
⑪かなう　a．（成就《じょうじゅ》）念願《ねんがん》かなって、自分の家を持てるようになりました。
　b．（匹敵《ひってき》）弟には数学では勝てるけれど、テニスではかなわないわ。
⑫かなえる　父の友人が、日本で働きたいというぼくの希望《きぼう》をかなえてくれました。

4．コミュニケーション

①知る　彌生《やよい》さんが結婚したことは知っていますが、相手がだれかは知りません。
　〔注〕口語体の現在肯定文では～テイル形を使う。
②伝える　兄が来週帰って来ることを母に伝えたら、とても喜んでいた。
③話す　正直に事情《じじょう》を話せば、あの人は分かってくれますよ。
④しゃべる　「秘密の話よ」と言いながら、彼女は誰彼《だれかれ》なくしゃべる。（口語・気楽に話す）
⑤呼ぶ　職場《しょくば》の仲間は、米山《よねやま》さんを親《した》しみを込めて「ヨネヤン」と呼んでいる。

5．訪問・招待

①訪《たず》ねる　山田さんを会社に訪ねたら、昼ごはんをごちそうしてくださいました。
②訪《おとず》れる　故郷《こきょう》を訪れたが、すっかり様子《ようす》が変わって、知らない所に来たようだった。
　〔注〕四季《しき》の到来《とうらい》にも使う。例―山奥のこの村にもようやく春が訪れた。
③うかがう　（謙譲語）
　a．（訪問）この件はそちらにうかがった上でご説明いたします。

b.（聞く）論文のテーマは、先生のご意見をうかがってから、決めようと思います。

④寄《よ》る　用事で広島《ひろしま》に行ったついでに、久しぶりに実家《じっか》に寄った。

（別の目的の途中で訪ねる・短時間の訪問）

⑤誘《さそ》う　日曜日の天気がよければ、友達を誘って、サイクリングをしよう。

〔注〕人間以外の動因《どういん》にも使う。例—春風《はるかぜ》に誘われて散歩に出た。おいしそうなにおいに誘われて食堂に入った。

⑥招《まね》く　a.（招待）会社創立三十周年《そうりつさんじっしゅうねん》パーティーに、社員の家族も招いた。

b.（誘発）外国では誤解《ごかい》を招かないように言動《げんどう》に気を配《くば》ろう。

⑦呼ぶ　a.（招待）結婚披露宴《ひろうえん》には佐伯《さえき》夫妻を呼ぼう。

b.（招来）看護婦さんを呼ぶ時は、このブザーを押してください。

⑧迎える　今年は十人の留学生を当校に迎えます。

⑨もてなす　家庭料理でもてなすほうが、喜ばれるでしょう。

⑩紹介する　両親にガールフレンドを紹介したら、すっかり気に入ってくれた。

6．反発《はんぱつ》・抗議《こうぎ》・闘争《とうそう》

①逆《さか》らう　子どもは親に逆らいながら、自立心を養《やしな》って成長していく。

②背《そむ》く　親に背《そむ》いて家を飛び出した。

③こねる　失敗の原因を追求すると、理屈をこねては言い逃《のが》れをしようとする。

〔注〕本来は粉や土を手でいじる動作だが、無理を通そうとする意味の「だだを〜」や自

己流の理屈《りくつ》を述べたてる意味の「理屈を~」といった形で使われる。

④たじろぐ　鋭《するど》い質問に一瞬《いっしゅん》たじろいだが、気を取り直して理由を説明した。

⑤ためらう　賛成《さんせい》すべきかどうか、まだためらっています。

⑥責《せ》める　担当者を責めてもはじまらない、指示《しじ》を与えた経営者《けいえいしゃ》を責めるべきだ。

⑦攻《せ》める　ナポレオンは冬の恐ろしさを知らず、ロシアを攻めた。

⑧とがめる　a.（非難）部下の怠慢《たいまん》をとがめたら、会社を辞《や》めると言い出した。
b.（ためらい）ちょっと気がとがめたけれど、毛皮のコートを買ってしまった。

⑩争う　どこかで和平《わへい》交渉がまとまれば、別の国が争うという歴史が続いている。

⑪闘《たたか》う　大学でともに闘《たたか》ったラガーたちは、社会人になった今ライバルとして闘う。

7. 拒否《きょひ》・拒絶《きょぜつ》

①黙《だま》る　相手のけんまくに圧倒《あっとう》され、黙って出ていった。

②断《ことわ》る　急ぎの仕事を抱《かか》えていたので、会合を断った。

③拒《こば》む　この条件が受け入れられなければ、一切の交渉を拒む決意だ。

④退《しりぞ》ける　この企画案《きかくあん》はコストがかかりすぎると退けられた。

⑤背《そむ》ける　現実から目を背けないで、勇気をもって当たりなさい。

〔注〕「顔を~」=見たくない・話したくない状態。例―昇《のぼる》は私が近づくと、顔を背けて立ち去った。

⑥無視《むし》する　人の忠告を無視したばかりに、失敗してしまった。

〔二〕授受・所有

1．授受

授受《じゅじゅ》動詞は、話者と与える側、話者と受ける側との間の関係や授受するものへの話者の評価を明らかにするために、表現が多様である。また補助《ほじょ》動詞として尊敬《そんけい》・謙譲《けんじょう》・丁寧《ていねい》・卑下《ひげ》・美化《びか》などの待遇《たいぐう》表現にひんぱんに使われている（動作動詞のテ形＋ヤル・クレル・アゲル・イタダクなど）（本シリーズ第四巻『複合動詞』60～71頁を参照）

イ　授受にかかわる人と話者の関係が明らかに分かる動詞（主観的）

授受動詞の使い分け

話者ガ　だれかニ　与える	だれかカラ　話者ガ　受ける	だれかガ　話者ニ　与える
やる　↘	もらう　↗ →	くれる　↗ →
あげる　↗ →	いただく　↗ →	くださる　↗ →
さしあげる　↗	ちょうだいする　↗	たまわる　↗

＊矢印の方向は、動作主と相手の身分関係あるいは表現の丁寧度を示す。
　上向き　↗　：相手に対する尊敬および話者自身の卑下の気持ちを表す。
　下向き　↘　：相手への見下し、あるいは話者の謙譲の気持ちを表す。
　平行　→　：話者と相手の関係を対等と見る気持ちを表す。

＊話者は、話し手自身あるいは話し手に近い関係にある人物を指す。

①やる（授）

a．子どもは宿なしの子犬に持っていた菓子《かし》をやった。（目下《めした》の者や動植物に対して使う）

b．手伝ってくれたから、千円やるよ。（「おれ・おまえ」など男言葉の人称での会話）

c．「おこづかいとして月五百円やっています」と母親は言った。（他人との対話で身内を卑下して言う）

②もらう（受）コンサートの切符をもらったから、一緒に行かないか。

③くれる（授）（口語では親しい間柄のやりとりに使う。文書では「与えられる」）

a．僕にも一つくれないか。（男言葉。婉曲《えんきょく》に表現する場合、否定の疑問形を使う）

b．父がくれた腕時計《うでどけい》は今も正確に動いている。（身内の者から与えられる）

④あげる（授）（「やる」の丁寧体）（与える相手を尊重《そんちょう》する気持ちが入る）

a．母には私の編んだ手袋をあげた。（年上の肉親に）

b．この本、もう読んだから君にあげるよ。（兄弟や友人など対等の相手・目下に）

c．休まず授業に出たら、合格点をあげましょう。（目下の者に対する丁寧体）

⑤くださる（「くれる」の丁寧体）

a．岸《きし》さんを訪ねたら、ごちそうしてくれた上にみやげまでくださった。（与える側に敬意を表す）

b．あら、この本を私にくださるの。（女性はこの表現を多用する）

⑥いただく（「もらう」の丁寧体）

a．励《はげ》ましのお手紙をいただき、感激しております。（もの・言葉）

b．お泊まりのご予約はもういただいておりましょうか。（行為）

⑦さしあげる　（「あげる」よりさらに丁寧）

私が縫った着物を先生にさしあげたら、とても喜んでくださった。

⑧ちょうだいする　（『もらう』の謙譲語）

a．遠慮《えんりょ》なくちょうだいします。

b．社長から結婚祝いをちょうだいした。（第三者に対する尊敬）

c．あなたの手作りのケーキ、家族でおいしくちょうだいしました。（飲食）

d．ママ、おやつちょうだい。（「ちょうだいしたい」の省略）（親しい間柄の要求）

⑨賜《たまわ》る　（「もらう」の謙譲語。非常に儀礼的）

皆様より厚いご支援を賜《たまわ》り、本研究所を開設することができました。

⑩恵《めぐ》む（授）　（恩恵を与える）

a．食べ物を恵んでください。（ほとんどの場合、テ形＋クダサル・ヤルの形にし、与える側を敬うあるいは受け手を卑下する気持ちを表す）

b．質素ながら健康に恵まれ、幸せに暮らしている。私たちは五人の子宝《こだから》（子ども）に恵まれた。（受身形で主語があたかも他からの恩恵で貴重なものを得たように表現する）

⑪授《さず》かる（受）　（一般的に神仏・自然など超自然的なものや高位の人・機関から貴重なものを与えられる場合）

竹取りの夫婦は、かぐや姫を天から授かった子と思って大切に育てた。

（受け手の謙譲の気持ちを表す）

〔注〕「授ける」（授）（他動詞）のテ形＋クレル・クダサルもよく使われる。例―この子は神様が私たちに授けてくださったと思っている。

ロ　客観的な授受の表現

①与える　自然は生き物すべてに惜しみなく命の糧《かて》を与える。

〔注〕丁寧体にするにはテ形＋クダサイ／ヤッテクダサイまたは名詞形でオ与エニナル。

（丁寧体（謙譲）はオ＋受ケ＋スルあるいはオ＋受ケ＋クダサルなど）

②受ける　a.（取る）ボールを投げるからうまく受けろよ。

〔注〕他に贈物。＊手紙・荷物（を受けとる）。

b.（接待）行く先々《さきざき》で心のこもったもてなしを受けて感動した。

〔注〕他に注意を受ける。＊親切（にされる）。いじわる（される）。

c.（受講《じゅこう》・受験《じゅけん》）橋本《はしもと》教授の講義を受けるには、テストを受けないとだめだそうだ。

③贈《おく》る　勇《いさむ》くんは「お父さんの誕生日に贈るんだ」といって模型《もけい》飛行機を作っています。

④渡《わた》る　全員に充分《じゅうぶん》渡るだけの食料は用意したが、どうして運ぶかが問題だ。

⑤渡《わた》す　現地に行ったら、これを調査隊員に渡してください。

（手から手に渡す）

2. 所有・獲得《かくとく》

①持つ　(所有の他動詞。動作主が所有していることを表す)

a．賀川《かがわ》さんなら良い参考書を持っているから、貸してもらったらどうですか。 (人・物)

b．責任を持って、行動してください。 (意識)

②あ(有)る　(所有の自動詞。所有されるものが主語になる) (↔ない)

a．私にはこの家と土地がある。 (人・物)

b．彼は考えごとをしているときに爪《つめ》をかむ癖《くせ》がある。 (性格・癖)

c．相手はベテランだけれど、勝つ自信はあった。 (意識)

③得る　人工衛星で世界中から最新の情報を得られるようになった。

④蓄《たくわ》える　石油ショックで非産油国《ひさんゆこく》は石油を計画的に蓄《たくわ》える必要を知った。

⑤溜《た》める　こんなに土地の値段が上がっては、少々のお金を溜めても、家は買えない。

⑥失う　爆発で町民の多くが家や家族を失った。

⑦なくす　金や物はなくしても、また手に入れられるが、命をなくせばおしまいだ。

⑧なくなる　金がなくなるまで、旅を続けるつもりです。

〔三〕 教育・指導

①教える　a．(教育) 教科書以外にビデオなどの副教材を使って教えています。

b．(指示) 日本語で行き方を教えたけれど、分かったかしら。

②説《と》く　戦争の気運《きうん》が高まっている時期に、先生は平和の尊《どうと》さを説かれた。

(考えを理解させるようによく説明する)

③導《みちび》く　老師《ろうし》があの暴《あば》れん坊《ぼう》を仏《ほとけ》の道に導いた。

④褒《ほ》める　生徒には、結果はどうあろうとも、努力していれば褒めてやりなさい。

⑤叱《しか》る　教室で隣の子とふざけていて、叱られた。

⑥注意する　a.（警告）禁煙車でたばこを吸っている人に注意したらにらみ返されて怖かった。
b.（用心）あいつには注意しろ、やさしい顔をして柔道二段だからな。

⑦学《まな》ぶ　父からは、不屈の精神を学びました。（高度な学問をするニュアンスが強い。自主《じしゅ》性《せい》のある「見習う」「勉強する」よりも文語的）

⑧教わる　野性の動物から自然の尊《とうと》さを教わった。
（教えてもらう）（やや受身の気持ちが強い）

⑨習う　お祖《ば》母《あ》さんからお茶とお花を、お母さんからピアノを習いました。
（外国語など実用的な修養や勉強をする。あまり高度な学問には使わない）

⑩答える　a.（解答）彼はどんな込み入った質問にもてきぱきと答えた。
b.（返答）名前を呼ばれた人は「はい」と答えてください。

⑪尋《たず》ねる　どんな虎《とら》の巻が良いかと尋ねたら、自分で探せと言われた。

⑫努《つと》める　勉強に集中しようと努めても、彼女の姿が浮かんできてだめだ。

⑬励《はげ》む　学校では勉強に励んだ彼だから、きっと会社でも仕事に励むだろう。

⑭休む　風《か》邪《ぜ》をひいたので学校を休んで、家でゆっくり休むことにしよう。

⑮サボる　あいつはあんなに授業をサボったのに、試験ではAを取っている。

〔四〕職業

①働く　この工場には工場長を含め三百人が一日三交代《こうたい》で働いている。（仕事をすること全般を指す）

②勤《つと》める　私は○○商事《しょうじ》に勤めています。（企業や役所に所属する）

③就《つ》く　あの青年は有能《ゆうのう》で、入社五年目ではや課長の座に就いた。（役職・ポスト・座・椅子に～）

> 職業に就くあるいは就いたことを知らせる場合―
> ●大きな組織（会社・官庁など）　△△会社に入《はい》ります／ました。
> ●専門職（医者・大工・教師・画家など）　民間航空のパイロットになります／ました。

④採《と》る　この会社は順調《じゅんちょう》に成長して、今年は大学新卒《しんそつ》を百人採るそうだ。

〔注〕この受身形は使えない。代わりに「百人の大学卒が採用された。」のようになる。

⑤雇《やと》う　百貨店は中元《ちゅうげん》・歳暮《せいぼ》の時期にはアルバイトを雇って人手不足を補っている。

⑥稼《かせ》ぐ　あの若さで、月百万円は稼いでいるよ。

〔注〕日常会話ではあまり丁寧な表現ではない。「収入がある」「取る」「もらう」などに言い換えられる。

⑦辞《や》める　証券《しょうけん》会社に入社したが、一年で辞めて、大学に戻った。

〔五〕規制《きせい》・違反《いはん》・訴訟《そしょう》

司法《しほう》用語は『漢語＋スル』形が非常に多い。「改正《かいせい》する」「修正《しゅうせい》する」「規制《きせい》する」「起訴《きそ》する」

「逮捕《たいほ》する」などは日常的に使われている。

①定《さだ》める　国民が人間らしい生活を営《いとな》める権利《けんり》は憲法《けんぽう》第二五条《じょう》で定められている。

②守る　人が安心して住める社会にするには、さまざまな規則を守らなければならない。

③従う　交通規則に従って、また交通道徳《どうとく》を守って、安全運転《あんぜんうんてん》をしてください。

④直《なお》す　真面目《まじめ》に行いを直さないと、また警察《けいさつ》の世話になるよ。

⑤改《あらた》める　a．(新しいものに替える)　元号《げんごう》を「平成《へいせい》」に改める。

b．(良い方に変える)　結婚で今までの自堕落《じだらく》な生活を改めた。

c．(調べ直す)　記入したことに間違いがないようにもう一度改めなさい。

⑥限《かぎ》る　a．(条件)　衆議院議員《しゅうぎいんぎいん》に立候補《りっこうほ》できるのは二五才以上、参議院《さんぎいん》では三〇才以上に限られる。

b．(限定・制限)　あの人に限って、約束をすっぽかすはずはないわ。

(否定文になる)

〔注〕否定文になると、他の可能性を示す。

c．(最高の評価)　日本の夏は木綿《もめん》のゆかたに限るね。

⑦抑《おさ》える　政府は武力《ぶりょく》でデモを抑えたが、自由を求める市民はそれに屈《くっ》しなかった。

⑧破《やぶ》る　約束を破ったら千円の罰金《ばっきん》にしよう。

⑨犯《おか》す　選挙《せんきょ》になると、必ず公職《こうしょく》選挙法を犯す者が出る。

⑩調べる　押収《おうしゅう》された書類《しょるい》すべてを調べたが、決め手となる証拠《しょうこ》は見つからなかった。

⑪捕《つか》まえる　泥棒《どろぼう》を捕まえてみると、被害者《ひがいしゃ》の息子だった。

⑫捕《つか》まる　この囚人は捕まっても捕まってもすりをやめられないのだ。

⑬謀《はか》る　ある重要人物の暗殺を謀ったが、失敗に終わった。　（良くない計画）

⑭ばれる　悪事《あくじ》はいつかはばれるものだ。（露見《ろけん》する—隠していたことが人に知られる—の俗語）

⑮訴《うった》える　a．（訴訟《そしょう》）住民は騒音《そうおん》と空気汚染《おせん》の被害《ひがい》保障《ほしょう》を裁判で国に訴えることにした。

b．（呼びかけ）私たちの子孫《しそん》のために、自然環境の保護《ほご》を世界中に訴えよう。

練習問題〔一〕

一　（　）のa～cの内、適当なものを選びなさい。

1．「敬老《けいろう》の日」は、老人を（a．従う　b．慕う　c．敬う）気持ちを忘れないために設けられた祝日です。

2．練習のときは非常に厳《きび》しいコーチだが、選手たちは（a．褒《ほ》めて　b．慕《した》って　c．敬って）いた。

3．レース飾りのワンピースを着て行ったら『シンデレラ・シンドロームにかかったの』と山田さんに（a．ほめられ　b．からかわれ　c．あざけられ）た。

4．小学生の練習問題なら簡単だろうと（a．侮って　b．冷やかして　c．あざけって）やってみたら、難しくて苦労したよ。

5．薬で痛みを（a．なおして　b．ごまかして　c．だまして）きたが、もうがまんできない。歯医者に行こう。

二　a～cの中からもっとも内容にかなった動詞を選んで適切な形にしなさい。

1. 安田さんに会ったら、私は来月帰国すると（　　　）ください。
（a. 伝える　b. しゃべる　c. 話す）

2. 一般的な日本人の家庭生活について（　　　）ください。
（a. 話す　b. しゃべる　c. 伝える）

3. おばさんに話すとすぐ近所の人に（　　　）から困る。
（a. 伝える　b. 隠す　c. しゃべる）

4. おじいさんは孫《まご》に（　　　）れると、すぐ買ってやる。
（a. 望む　b. ねだる　c. 困る）

5. 私は自分から（　　　）で行くのだから、頑張《がんば》れると思います。
（a. 願う　b. 望む　c. ねだる）

6. 人と話す時すぐ目を（　　　）癖があるが、それは良くない。
（a. 背ける　b. そらす　c. 避ける）

7. 夜は暗い道を（　　　）て、明るい道を通りなさい。
（a. そらす　b. 逃げる　c. 避ける）

三　傍線の言葉と同じ意味の動詞をa～cの中から選びなさい。

1. A. この旅でお金では求められない友情《ゆうじょう》という宝を得ました。
（a. 望む　b. 得る　c. 与える）
B. この人たちが求めているのは、同情《どうじょう》ではなくて仕事です。

（a．望む　b．得る　c．与える）

2．A．努力の結果失敗したのだから、せめません。

（a．訴える　b．咎《とが》める　c．攻撃する）

B．僕は守るのは得意だが、せめるのは下手だ。

（a．訴える　b．咎める　c．攻撃《こうげき》する）

3．A．彼には客を上手にあしらって満足させる才能がある。

（a．応対する　b．組み合わせる　c．もてなす）

B．灰色の着物でも赤い飾りをあしらうと、若々しく見えます。

（a．応対する　b．組み合わせる　c．もてなす）

4．A．願いかなって、千恵子《ちえこ》さんと結婚しました。

（a．成就《じょうじゅ》する　b．負ける　c．競う）

B．酒の強さでは、とうてい前田《まえだ》さんにはかなわない。

（a．成就する　b．負ける　c．競う）

四　指示した相手（対）と話し方に合わせて（　　）に授受動詞を入れなさい。

〔例〕〔(対）親しい友人、話者は男で、少し乱暴〕

友だちがノートを沢山くれたから、お前に少し（やる）よ。

1．〔(対）友人〕

外国の切手をもらったから、君にも（　　）よう。

2．〔(対）年下、話者は女性。少し丁寧〕

3. 花をたくさんもらったので、あなたにも（　　　）ましょう。
〔(対) 隣の家の奥さん、丁寧〕

4. フランスからワインを送ってきましたので、よろしければ（　　　）ます。
〔(対) 会社の部長。丁寧〕

5. お招きを（　　　）ありがとうございます。喜んで伺います。
〔(対) お金を寄附した人。非常に丁寧に〕
ご寄附を（　　　）して、ありがとうございました。

五　Aの文は話し手がもらうときのさまざまな言い方です。Aの丁寧《ていねい》度に合わせて、Bの文中の（　）に授受動詞を入れて頼み方を練習しなさい。

〔例〕A　これを僕にくれるの。ありがとう。　　B　これを（くれない）か。

1. A　これを私にくださるの。ありがとう。
B　これを私に（　　　）ない。

2. A　これを私にくださるのですか。ありがとうございます。
B　これを私に（　　　）ませんか。

3. A　これをもらえるんですか。ありがとう。
B　これを（　　　）ますか。

4. A　これをいただけますか。ありがとうございます。
B　これを（　　　）たいんですが。

5. A　これをちょうだいしてよろしいのですか。ありがとうございます。

6．A　これを（　　　）よろしいでしょうか。
　　B　これを（　　　）ますか。

A　これをちょうだいできるのですか。ありがとうございます。

7．手紙文で

A　けっこうなお品をちょうだいし、ありがとうございました。
　　B　喜んで（　　　）く存じます。

六〔　〕内にある動詞の中から文章に合うものを二つ選んで、適切な形にして、（　　）を埋めなさい。

1．〔聞く　話す　教える　教わる〕
　　勇《いさむ》はキムさんに韓国語《かんこくご》を（　　　）、その代わりに日本語を（　　　）ています。

2．〔叱る　褒《ほ》める　争う　敬う〕〔受身〕
　　柔道の練習では「よくやった」と（　　　）が、クラスでは勉強をしないといって（　　　）た。

3．〔入る　就く　働く　励む〕
　　友人は一途《いちず》に仕事に（　　　）で、部長の座に（　　　）たが、健康をそこねてしまった。

4．〔持つ　守る　決まる　定める〕
　　人権の尊重と保障は日本の憲法に（　　　）あるが、社会生活をするためにはいろいろな規則も（　　　）なければならない。

5.〔からかう　逃げる　助ける　構う〕
多恵子《たえこ》があまり（　　）から、進介《しんすけ》がうるさがって（　　）んだよ。

七　a～cの内適当でないものに×をつけなさい。

1. 井上《いのうえ》さんに（a. 学んだ　b. 教わった　c. 習った）通りに作ったら、とてもおいしかった。
2. 鮎《あゆ》の釣《つ》りかたはおじいさんから（a. 習った　b. 教わった　c. 教えた）。
3. 片岡《かたおか》社長の社員との接《せっ》しかたを見て、褒めて働く意欲を持たせる社員教育術《じゅつ》を（a. 習った　b. 学んだ　c. 教えられた）。
4. 友だちと仲良くすることを（a. 習いました　b. 教わりました　c. 学びました）。
5. あなたに（a. 習った　b. 教わった　c. 教えられた）とおりに行ったら、三〇分も早く着いたわ。

八　「限る」には本来の意味とはニュアンスの異なった使いかたがあります。a～e各々の使い方に合った文を1～5から選んで（　）にアルファベットで書きなさい。

a. 女性が職場《しょくば》で責任《せきにん》ある地位《ちい》につくチャンスはいまだに限られている。
b. うちの子に限って、そんなことをするはずがない。
c. 化粧《けしょう》が女性に限らず、一般《いっぱん》男性の間にも広がっているそうだ。
d. 僕は、寿司《すし》はまぐろに限るね。
e. いつも成功するとは限らない。

1. （　）休日の過ごし方が多様化《たようか》したとはいえ、ゴロ寝に限るという人もまだ多い。

2.（　）割引《わりびき》の対象《たいしょう》は学生に限られている。

3.（　）あの会社に限って、倒産《とうさん》するはずはない。

4.（　）石油が永久に出るとは限らない。

5.（　）現在では糖尿病は成人に限らないで、子どもにも見られる。

九　文の意味を変えないように、傍線の言葉をａｂｃ内の一つを使って言い換えなさい。

1. 道が分からなくなったら、交番で尋ねれば教えてくれます。
（a．習えば　b．訪ねれ　c．聞け）

2. 近所の人たちと仲良くなろうと努めた。
（a．努力した　b．怒った　c．勤めた）

3. あの方は大会社の社長のポストに就かれたはずです。
（a．社長に就任された　b．社長のポストに就任された　c．社長に入られた）

4. 小さいけれどコンピュータ・ソフトの開発会社に入って満足しています。
（a．働いて　b．就職して　c．就いて）

5. ありのままを説明し、合理化の必要性を説いた。
（a．教えた　b．説明した　c．理解してもらえるように考えを述べた）

6. 今年は新卒者だけでなく、経験者も採ることにした。
（a．雇う　b．採用の　c．採られる）

7. その変な癖を直しなさい。
（a．改め　b．変え　c．抑え）

8. こみあげてくる怒りを抑えるのが精一杯だった。
（a. 殺す　b. 直す　c. 限る）
9. 飲酒運転をしてはならないと交通法に定められている。
（a. 決定される　b. 決めてある　c. 守られる）
10. 契約を破った方が悪いのだ。
（a. 守った　b. 犯した　c. 守らない）

十　傍線の「漢語＋スル」動詞を和語動詞を使って書き換えなさい。
1. 予想通り、副社長が社長に就任《しゅうにん》した。
2. 事故の責任は国にあるとして訴訟《そしょう》した。
3. イタリア語とスペイン語は独力《どくりょく》で勉強しました。
4. 経済視察団に随行《ずいこう》して東欧を回ります。
5. いわれた通りに真似《まね》るだけの教育に反発《はんぱつ》して、不良《ふりょう》生徒のレッテルをはられた。

十一（　）の動詞に当てはまる表現をa～gの中から選んで入れなさい。
1. 無理な注文ばかり出すので、こちらから取引は辞退《じたい》すると（　）たら、相手の態度《たいど》が変わった。〔反撃した〕
2. 本物のダイヤといって買わされたが、（　　）。くやしい！〔だまされた〕
3. 災害《さいがい》の悲惨《ひさん》な場面《ばめん》に、思わず（　　）。〔見ないようにした〕
4. 嘘《うそ》をつくことに（　　）けれど、病人に本当の病状《びょうじょう》は言えなかった。〔ためらった〕

5．子どもをデパートに連れていくと、あれを買え、これが欲しいと（　　）ので、困ります。
〔無理を言う〕

6．献血《けんけつ》の求めに大勢《おおぜい》の若者《わかもの》が（　　）てくれた。〔答える〕

7．橋《はし》を渡ろうとしたが、真下《ました》の激流《げきりゅう》を見て一瞬（　　）。〔ひるんだ〕

---

a　気がとがめた　　b　応じ（て）　　c　逆ねじをくわせ（た）
d　顔を背けた　　e　たじろいだ　　f　一杯くわされた
g　だだをこねる

第二章　日常生活

〔一〕動作を表すもの

人の動作や物事の作用を表す動詞。歩く・走る・座る・起きる・寝る・動くなどは用例を省略した。

1．手を中心とした動作

イ　所持

①持つ　両手に大きな荷物を持って混《こ》んだ電車に乗るのは、難《むずか》しい。

〔注〕「持つ」は手に物がある状態で、「取る」は置いてある物を手に持つことをいう。

（＊しょうゆを持ってください。↓しょうゆを取ってください。）

②拾う　a．（落ちている物を手に取る）子どもたちは河原《かわら》の清掃のため、ビニール袋に空《あ》き缶《かん》を拾って入れた。（↕捨てる）

b．（つかまえる）表通りでタクシーを拾う。

③つかむ（摑む）銀行強盗が札束をつかんで、逃げた。通行人がその腕《うで》をつかんで離《はな》さなかった。

（＊背中《せなか》をつかむ・＊かばんをつかんで歩く↓持って）

④にぎる（握る）a．（手に持つ）人ごみのなかでは、子どもの手をしっかりにぎって離さないように。（＊足・頭・肩《かた》・腕《うで》をにぎる。）

b．寿司をにぎる。　ハンドルをにぎる。　（他の動作のために手に持つ）

〔注〕「つかむ」はす早く手に取る動作を表し、「にぎる」は手の中に収《おさ》まるような小さなものや細長《ほそなが》いものに用いる。「つかむ」よりもゆっくりと力を入れる動作である。

⑤抱《だ》く　（腕《うで》で胸《むね》のあたりに大事に持つこと。比較的小さな物について言う。）

教会には、マリアがおさなごイエスを抱いた像《ぞう》がある。（鶏《にわとり》が卵を抱いている。

⑥抱《かか》える　（比較的大きな物や重い物を胸より下に持つこと。）

a．大きな荷物を抱《かか》えた人がやってくる。

b．事故に会って倒《たお》れた人を抱《かか》えて、救急車《きゅうきゅうしゃ》に乗せた。

c．病気の夫を抱《かか》えて、働かなければならない。（負担《ふたん》になるものをもつ）

ロ　変形動作を表すもの

「折る」は力を加えて堅いものを瞬間的に切り離す場合に使うが、「破る」は紙や布などの柔らかいものに用い、どちらも切り離さなくてどこかがつながっていてもよい。「切る」は道具を使って切り離すときに用いる。（＊釘《くぎ》にシャツがひっかかって切れた。→破れた）

①折る　a．（切断）木の枝を折る。（曲げて切り離すこと。）
b．（曲げる）折り紙を折る。指を折って数《かず》を数《かぞ》える。（曲げるだけで二つの部分に分かれない。）

②破る　障子《しょうじ》を張《は》り替《か》えるから、今なら破ってもいいわよ。

③壊《こわ》す　ガチャン！　ああ、またお皿を壊してしまった。（＝割る）
（何かの力が加わって元の形がなくなること）

④つぶす　ビールの空き缶は、つぶしてかごに入れてください。（力を加えて平たくする）

⑤割る　夏の合宿で海に行くと、よくすいかを割って食べた。（力を加えていくつかの部分に分割《ぶんかつ》する。）

〔注〕「割る」と「壊《こわ》す」は厳密な使い分けはない。窓ガラスやコップや茶碗は両方使えるが、建物や機械や家具のように、特別な力《ちから》を加えないと形が変わらないものには「壊す」を用いる。

⑥欠ける　茶碗《ちゃわん》の縁《ふち》が欠けているものは、捨ててください。（一部分がなくなる）

ハ　指先の動作に関連《かんれん》が深いもの

①ひねる　私は力が強いので、水道の栓《せん》を強くひねって壊す。（指先で回す）

②つまむ　子どもたちは嫌いなにんじんを、鼻をつまんで食べている。（指先ではさむ）

③つむ（摘む）　高級な緑茶は茶の新芽《しんめ》を手でつんで、精製《せいせい》する。（指先ではさんで取る）

④つねる　宝くじが当たったなんて夢じゃないかしら、私のほっぺをつねってみてぇ？
　（指先で少しつまんでひねること。）
⑤しぼる（絞る）指先だけでなく手にも使える。
　a．（水分を取り去る）雑巾《ぞうきん》はよくしぼって使いなさい。
　b．（減少）ステレオのボリュームをもっとしぼってください。
⑥しばる　小鳥の家を木にしっかりしばってね。（縄《なわ》やひもでしっかり結びつける）
⑦かく（掻く）「孫《まご》の手」は背中《せなか》のかゆいところをかく道具です。

ニ　暴力
①たたく　街で友達が後ろから肩をたたいた。
②ぶつ　お兄ちゃんが先に、ぼくの頭をぶった。（話し言葉のみに使う）
③なぐる　突然暴走族《とつぜんぼうそうぞく》に囲まれて、なぐられ気絶《きぜつ》した。
　〔注〕「たたく」には悪意はあまりないが、「ぶつ」・「なぐる」は感情的な動作である。

ホ　使用
　一般的には「使う」が用いられるが、特に重要なものや複雑なものには「扱う」が用いられる。
①使う　このごろはしを上手に使えない子どもが、多くなってきた。
②扱う　a．（手に持ったり運んだりすること）この茶道具《ちゃどうぐ》は古いものなので、大切に扱ってください。
　b．（使う方法）この機械の扱いかたが分からないので、教えてください。

2．足を中心とした動作

①追う　雪の上のうさぎの足跡《あしあと》を追う。鬼《おに》ごっこで、鬼が逃げる子どもを追いかける。
②逃げる　男の子たちは掃除《そうじ》の時間になると逃げてしまう。
③駆《か》ける　馬に乗って広い草原を駆けるのは気持ちがよい。（歩く・走る・駆けるの順で速度が早くなる）
④踏《ふ》む　a．（足をのせる）落ち葉を踏んで歩いた晩秋《ばんしゅう》の嵯峨野《さがの》は、忘れられない。
　b．（出演）初舞台を踏んだのは、六才のときだった。（派生的な意味）
⑤またぐ　足を開いてみぞ・敷居《しきい》・床《ゆか》に寝ている人の上を越《こ》えたり、川・海狭・谷を越えて二点をつなぐ場合にも用いる。
　a．（越す）お前を勘当《かんどう》する。この家の敷居《しきい》を二度とまたぐな。
　b．（間におく）鳴戸《なると》海峡《かいきょう》をまたいで、鳴戸大橋《おおはし》をかけた。
⑥跳《と》ぶ　ぼくは身体が軽いので、二メートルのどぶが跳《と》べた。
〔注〕「またぐ」よりも幅《はば》の広い場合や高さが高い場合で、はずみをつけて足を地面《じめん》から離さないと越《こ》えることができないときに用いる。

3．身体全体の動作

①転《ころ》ぶ　東京《とうきょう》に雪が降ると、転んでけがをする人が多く出る。
②暴《あば》れる　この狭《せま》い部屋の中で、おおぜいで暴れては困る。
③回る　アイススケートのみどりさんは空中で三回転半回れる。

④はう（這う）　赤ちゃんは生まれて半年もするとはい始める。

〔二〕状態を表す動詞

1．ある

無生物・意志を持たないものに使われる。植物・もの・抽象《ちゅうしょう》名詞を主語にすることが多い。「名詞＋ガ＋ある」の形をとるものが多いが、「二時間ある」「千円ある」など数量を表す場合は「ガ」をとらない。「名詞＋動詞」で「する」を用いることができないもので、「ある」を用いるものも多い。その例として、「才能・元気・人気・自信・度胸《どきょう》・暇《ひま》・夢＋ガある」などがある。

「ある」の反対語は「ない」（形容詞）。「ある」の否定形は「ありません」と丁寧な形のみになる。

または、あまり使われないが次のようになる。

「あらぬ疑いをかけられて、困っている」「輸血《ゆけつ》ミスはあってはならないことです。」

イ　存在を表す。（―ニ―ガある）　場所を表す場合は（―ニある）

①（存在）駅の前に交番があるので、道を聞くと親切に教えてくれる。

②（有無《うむ》）飛行機が出るまでに、まだ二時間ある。

③（含有《がんゆう》）刺身《さしみ》にはビタミンがある。

ロ　所有を表す。

①殺された妻には財産があり、夫には借金《しゃっきん》がたくさんあった。

ハ　例外的用法

①　私には兄弟があります。(私には兄が二人います)

〔注〕子ども・妻・夫・友達など親しい間柄には、「ある」を用いるときもある。これは「所有」の意味で用いていると考えられる。

②　昔、おじいさんとおばあさんがありました。

〔注〕古くは「昔、男有《あ》りけり」のように、人に「ある」を使うのが普通であったので、このなごりで昔話には「ある」が使われている。

2. いる

人間を含む動物が主語の場合・生命《いのち》あるもの・意志をもっているものに用いられる。ある場所に一時的に滞在していても、ずっと住んでいても、時間の長さに関係なく「いる・いた」を使うことができる。(必要であるという意味の「要《い》る」34頁参照)

イ　存在　a. 私の家には猫が三匹と金魚が五匹います。
b. 私は生まれた時からずっと金沢《かなざわ》にいます。
c. 転勤で半年北海道《ほっかいどう》にいました。

ロ　例外的用法

①　駅にはタクシーがある。　②　早朝《そうちょう》は、駅にはタクシーがいない。

③　東京《とうきょう》駅から成田《なりた》空港行きのバスがある。　④　二番乗場に空港行きのバスがいる。

〔注〕 車の場合「ある」は所有を表し、バス・タクシーの場合はその交通手段の有無《うむ》を表す。「いる」は車に運転する人が乗っていて、いつでも動かすことができる場合に使うことができる。また、ロボットやあやつり人形には「いる」も用いる。

3．その他の状態

状態を表す動詞は多くの場合「……テイル」または過去形の「……タ」の形で用いられることが多い。また、動作を表す動詞でも過去形になると「濡《ぬ》れた髪」・「きれいに掃いた庭」のように状態を表す。可能動詞や動詞の可能形も状態を表す。

イ　優劣

①優《すぐ》れる　この研究所から優れた科学者が多く出た。（他と比較して能力《のうりょく》や品質《ひんしつ》・性能《せいのう》が良いこと）

②劣《おと》る　大きなコンピュータも、品質の劣るＩＣ一つのために混乱することがある。

ロ　形態

①そびえる　中世に建てられた教会の塔《とう》が、空高くそびえている。

②尖《とが》る　槍《やり》は長い棒《ぼう》の先についている尖った刃物《はもの》で、相手をこうげきする。（方向に関係なく何かの先が鋭《するど》く細くなっていること。）

ハ　性質・性状

①濁《にご》る　大都会を流れる濁った川はいやなにおいもする。（＝すき通らない）
②澄《す》む　a．（水の状態）梓《あずさ》川の美しく澄んだ水はとても冷たくて気持ちがよい。
b．（声の状態）少年たちの澄んだ歌声がとてもさわやかだった。
③似《に》る　角《かど》であなたによく似た人を見かけましたが、お母さんですか。
④凝《こ》る　この茶室は質素に見えるが、とても凝った造《つく》りをしている。（念を入れて工夫する）
⑤もつ　a．（保存が可能である）このシューマイは冷蔵庫で一週間もちます。
b．（生存が可能である）あの患者は今年いっぱいもつでしょう。
⑥含む　この温泉は塩分を含んでいる。（自然に中に入っていること）
⑦飽《あ》きる　ありさちゃんはピアノのおけいこに飽きたのか、あくびばかりしている。（興味をなくす）
⑧さびる　レモンを切ったらすぐに洗わないと、包丁《ほうちょう》がさびますよ。

〔三〕生活一般

日常よく使われる動詞。働く・遊ぶ・休むなどは用例を省略。

1．明《あ》け暮《く》れ

①住む　私は千葉に両親と住んでいます。（場所ニ住む）（人ト住む）
②暮らす　a．（生活の手段）アルバイトだけで、なんとか暮らしていけます。
b．（時間の経過）きりぎりすは夏の間、楽しく遊んで暮らした。

③過ごす　山で小鳥の声を聞きながら休みを過ごした。

〔注〕「住む」は一定の期間・家族と一定の場所に生活をした場合に使う。下宿《げしゅく》や単身《たんしん》赴任《ふにん》やホームステイの場合には仮に住んでいるので、現在形では「住む」も使えるが、過去形では一ヵ月や二ヵ月の滞在では「住む」を使わずに、「東京にいたことがある。」になる。「暮らす」は時間の経過や生活の様子を表し、「過ごす」は時間の経過を中心とした表現。

2. 処理

①済《す》む　a.（終了）試験が済んだらスキーに行こう。

b.（決着《けっちゃく》）「すみません」では済まないこともある。

②扱う　この銀行では外国為替《かわせ》は扱わない。（専門的な事がらを取り扱う）

③要《い》る　外国人登録《とうろく》にはパスポートと写真が要ります。（必要である）

④返す　借金はすぐに、きちんと返しなさい。（＊借金を戻す）

⑤戻《もど》す　ドライバーを使ったら元に戻しなさい。（元の所に返す）

〔注〕「返す」と「戻す」はほとんど同じ意味で、「書類を返す・戻す」「公園を元に戻す・返す」どちらも使える。しかし、「プレゼントを返す」はほかの品を贈《おく》ることであるが、「＊プレゼントを戻す」はプレゼントをそのまま贈り主に返すことになる。恩《おん》・返事・言葉には「戻す」が使えない。「戻す」が全く同じものに限られるのに対して、「返す」はほかのものでもかまわない。

⑥消す　a.（消滅《しょうめつ》）答案は鉛筆《えんぴつ》で書けば、消しゴムで消すことができる。

b．（消灯《しょうとう》）部屋の電気を消して、ローソクを使う。
c．（除去）ワインで、魚のにおいを消す。

3　見当・計測を表すもの

①計《はか》る　家から駅まで、何分かかるか時間を計ろう。距離を測る。米を量る。
②足りる　時間が足りなかったので、宿題ができませんでした。
③余る　弁当が一人分余った。（全員に配って、一人分余分にある。）（↕不足する）
④残る　ごはんが一人分残っている。（食事が終わった後のごはんの量が一人分ある。）
⑤外《はず》れる　天気予報が外れて雨が降った。（＝当たらない）

4　動き・変化に関するもの

①巻く　へびがとぐろを巻いているそばを通った。
②曲がる　その角を右に曲がって、しばらく行くと花屋があります。
③外《はず》れる　網戸が外れていたので、蚊がたくさん入ってきた。
④返す　とり肉は片側がよく焼けたらフライ返しで返しなさい。

5　時間に関するもの

①遅れる　早く起きないと学校に遅れますよ。
②急《いそ》ぐ　朝のターミナルは職場《しょくば》に急ぐ人々で、あわただしい。
③あわてる　そんなにあわてないで、ゆっくり食べて行きなさい。

④過ぎる　朝八時を過ぎると、子どもたちが学校にやってくる。

6　買い物

①売る　a．デパートは何でも売っている。
b．友達に自転車を三千円で売った。
②買う　電車の切符《きっぷ》は自動販売機《はんばいき》で買ってください。
③払う　スーパーマーケットではレジでまとめてお金を払います。
④使う　この店ではカードが使えますか。千円札を全部使ってしまった。（＝使用する）
⑤包む　彼女へのプレゼントをきれいに包んで、リボンをかけた。
⑥並《なら》べる　商品を取り易《やす》いように、上手に並べる。（＝陳列する）
⑦比《くら》べる　スーパーと八百屋《やおや》とどちらが安いか比べてみた。（＝比較する）
⑧数《かぞ》える　財布の中の一円玉を数えてみたら二十個もあった。

7　交通

①乗る・降りる（自転車や遊園地《ゆうえんち》の乗り物など、すべての乗り物に使うことができる。）
東京駅から新幹線《しんかんせん》に乗って、大阪で降ります。（＝乗車する・下車する）
②止《と》まる　a．（停止）車は急に止まれない。（自動詞）
b．（停車）急行はこの駅には止まらない。
③止《と》める　店の前に車を止めないでください。（＝駐車する）
④渡る　スクランブル交差点は、斜《なな》めにも渡れる。（＝横断する）

⑤混《こ》む　高速道路はいつも混んでいるので、低速道路と言われている。（＝混雑する）

⑥渋滞《じゅうたい》する　ゴールデンウイークはどの道路も渋滞する。（車が止まったりのろのろ進む）

〔四〕衣・食・住

1. 衣に関するもの

イ　衣服や付属品《ふぞくひん》の着脱《ちゃくだつ》

動詞	反対の動作	種類
着る	脱《ぬ》ぐ	上着・Yシャツ・和服・オーバー……ボディが中心
はく	脱ぐ	ズボン・スカート・パンツ・靴下・靴・げた……足が中心
かぶる	脱ぐ・取る	帽子・ストール・ベール　ヘルメット＝着ける　頭が中心
はめる	外《はず》す	指輪・腕時計・手袋《てぶくろ》＝する・とる　ボタン
つける	外す・取る	ブローチ・イヤリング・髪かざり・リボン・ブラジャー＝する
締《し》める	外す	ネクタイ・帯・ベルト＝する・取る
結ぶ	解く	帯・リボン＝する・ほどく
掛《か》ける	外す	肩かけ・たすき・エプロン・眼鏡《めがね》＝する・取る
巻《ま》く	外す	マフラー・スカーフ＝する・取る

ロ　その他の衣服に関する動詞

①たたむ　脱いだ洋服は、すぐたたみなさい。

②干《ほ》す　今日は天気がいいので、早く洗濯物を外に干そう。

③乾《かわ》く　ふとんがよく乾いていると、気持ちがいい。

④湿《しめ》る　梅雨時《つゆどき》は洗濯物を干しても、湿っている。

⑤はやる　この洋服は今はやっているのと同じように見えるが、十年前のものだ。

⑥しゃれる　この帽子はとてもしゃれている。

2. 食に関するもの

イ　飲食に関するもの

食に関する動詞

飲む	お茶・コーヒー・ビール・酒・ジュース・スープ・薬《くすり》・毒《どく》を飲む。
吸う	タバコ・汁・花の蜜《みつ》を吸《す》う。ストローで吸《す》う。
かむ	ガム・ごはん・肉をかむ。
かじる	りんご・チョコレート・せんべいをかじる。
なめる	あめ・塩・砂糖・酢《す》・酒をなめる。（舌の先で試す）

①食べる　もっと野菜を食べないとビタミン不足になりますよ。

②こぼす　しょうゆをこぼすと、染《し》みになってとれなくなる。

ロ　料理に関するもの

動詞	材料又は料理名	調理の方法
煮《に》る	肉・魚・野菜	鍋に材料とだし・調味料を入れて火にかける。
炊《た》く	ごはん	かまに米と水を入れて、火にかける。
焼く	肉・魚・貝《かい》・芋《いも》・餅《もち》 ケーキ・パイ	材料を直火《じかび》や天火などで、焦《こ》げ目がつくように調理する。
蒸《む》す	まんじゅう・シュウマイ おこわ・茶わんむし	蒸気《じょうき》で調理する。
ゆでる	うどん・そば・スパゲティ 卵・野菜	湯の中に材料を入れて火が通ったらざるに上げる。
炒《いた》める	野菜・肉・魚・えび	平鍋《ひらなべ》に油をひいて、水分を加えずに調理する。
煎《い》る	茶・豆・ゴマを煎る	平鍋に材料だけを入れて動かしながら火を通す。
揚《あ》げる	てんぷら・フライを揚げる	たっぷりの油で調理する。
沸《わ》かす	湯・沸かす。	液体《えきたい》を火にかけて熱くする。

①ぬる　パンにバターとジャムをぬる。

②はさむ　パンにレタスとトマトとベーコンをはさんだサンドイッチ。

③洗う　使った鍋《なべ》やボールはすぐに洗って拭《ふ》くとよい。
④むく　じゃがいもと玉ねぎは皮をむいて、一口大《ひとくちだい》に切る。
⑤きざむ　玉ねぎをきざむと涙《なみだ》が出て困る。(小さく切ること)
⑥とかす　鍋《なべ》にバターを入れて火にかけてとかす。
⑦盛る　肉を皿《さら》に盛《も》って、パセリを添える。
⑧温《あたた》める　みそ汁は何度も温めると味が落ちる。
⑨冷《ひ》やす　サラダの野菜は、よく冷やして色どりよく器《うつわ》に盛る。
⑩混《ま》ぜる　ドレッシングは酢《す》と油と調味料を混ぜて作る。
⑪作る　土・日は家族の食事を三回も作らなければならないので、主婦は忙しい。
⑫造《つく》る　よい日本酒はよい米とおいしい水から造る。(=作る)
〔注〕「作る」は材料を使って、料理することであり、「造る」は素材を元のものとは異なったものにすることである。酒・みそ・しょうゆを造る。

3　住に関するもの

イ　住居

①貸す　転勤で岡山に行っている間、東京の家を人に貸します。
②借りる　静かで安いアパートを借りたいのですが、見つかりません。
③拭《ふ》く　東京はほこりがひどいので、風が吹くといつも床を雑巾《ぞうきん》できれいに拭きます。
④掃《は》く　ほうきで畳《たたみ》の部屋を掃くときは、畳《たたみ》の目にそって掃く。
⑤みがく　窓ガラスは、ぬらした新聞紙でみがくとよい。

ロ　建築

①建てる　土地が狭いので、三階建《さんがいだて》の家を建てます。

②壊《こわ》す　古くなった家を壊して、新しい家を建てる。

③直す　ドアの鍵《かぎ》が壊れたので直してください。

④はげる　車庫《しゃこ》のペンキがはげてきたから、さっそく直そう。

⑤塗る　床にニスを塗るときは、ごみやほこりをきれいに除《のぞ》いてから塗るとよい。

⑥張る　子どもたちの部屋は、明るい色の壁紙《かべがみ》をはることにしよう。

〔五〕　趣味

1．創作《そうさく》

①作る　このひな人形は私が和紙で作りました。　茶碗《ちゃわん》を作る（＝焼く）

②書く　a．（執筆《しっぴつ》）自分の伝記を書いて、自費《じひ》出版する人もふえた。

b．（掲示《けいじ》）「芝生に入るな」と書いてある。

〔注〕文字によって表現されたものはすべて「書く」を用いる。立て札《ふだ》や看板《かんばん》なども「書いてある」を用いて、「言う」は用いない。

③詠《よ》む　芭蕉《ばしょう》はあちこち旅をして、多くの俳句を詠んだ。　詩・和歌を詠む。

④描《えが》く　農村の風景と生活を描く。（絵や小説などの、書いたものの内容に用いる。）

⑤彫《ほ》る　今年の年賀状は版画《はんが》で羊《ひつじ》を彫《ほ》って、淡《あわ》い色で刷《す》って出そうと思っています。

⑥写す　写した写真を焼増《やきま》しに出す。(映像《えいぞう》だけでなく「文字・ノートを書き写す」にも使う。)

2. 音楽

歌う	演歌《えんか》・流行歌《りゅうこうか》・民謡《みんよう》・童謡《どうよう》・歌曲《かきょく》・オペラ・シャンソンを歌う。
弾《ひ》く	ピアノ・バイオリン・チェロ・ハープ・琴・三味線《しゃみせん》を弾く。
吹く	フルート・トランペット・ハーモニカ・尺八《しゃくはち》・笛《ふえ》を吹く。
たたく	太鼓《たいこ》・木琴《もっきん》・ドラム・コンボをたたく。

3. 趣味・娯楽《ごらく》

①打つ　日の当たる縁側《えんがわ》でのんびりと碁《ご》を打っている祖父《そふ》。マージャン・ばくちを打つ。

②指《さ》す　将棋《しょうぎ》を指す棋士《きし》の様子は、真剣《しんけん》そのものだ。

③突《つ》く　球（ビリヤード）・羽根《はね》を突《つ》く。　海に潜《もぐ》って魚をもりで突く。

④撃《う》つ　かわいい鳥を銃《じゅう》で撃《う》つなんて、かわいそう。

⑤配《くば》る　トランプをよく切って、五枚ずつ配る。

⑥賭《か》ける　競馬《けいば》で大穴をねらって賭けたが、馬券《ばけん》は紙くずとなった。

⑦刺《さ》す　日本刺繡《ししゅう》は花や波《なみ》などの模様《もよう》を、一針《ひとはり》一針ていねいに刺す。

⑧編《あ》む　クリスマスには、私が編んだセーターをプレゼントするわ。

⑨生《い》ける　美しい花を大きな花びんに生けるのもよいが、茶室の一輪《いちりん》の花も趣《おもむき》がある。

⑩たてる　茶の湯はお茶をたてるだけでなく、いろんな思想が込められている。

4．スポーツ

①投げる　ピッチャーがボールを投げるやいなや、ランナーが走りだした。

②打つ　打ったボールは大きな当たりで、ホームランとなった。

③蹴《け》る　ボールを思いっきり蹴ったら、ガラス窓に当たってしまった。

④登る　初めて山に登ったときから、山の美しさのとりこになってしまった。

⑤泳ぐ　毎朝プールで泳いでから、会社に出かけます。

⑥滑る　蔵王《ざおう》にスキーに行って、樹氷《じゅひょう》の間を滑《すべ》ってきました。スケート場で滑る。

⑦取る　「相撲《すもう》取《と》り」とは相撲を取ることを職業にしている人のことで、力士ともいう。

〔注〕球技《きゅうぎ》、格闘技《かくとうぎ》などは「バスケットをする」「ボクシングをする」となる。

⑧勝つ　今日の相撲《すもう》は大関が横綱に勝った。

⑨負ける　柔道《じゅうどう》大会で優勝候補の選手が三回戦で負けた。(＝敗れた)

⑩敗《やぶ》る　野球大会で次々と相手を敗って決勝戦に進んだ。(＝相手に勝つ)

〔注〕「勝つ」「敗る」・「負ける」「敗れる」の厳密《げんみつ》な使い分けはないが、「敗る」・「敗れる」は何回も試合をやって優勝者を決めるような力を入れた競技に使われる。

(＊僕は尚《ひさし》君とテニスをやって敗れた。)

5．旅行

①泊まる　叔母《おば》の家に泊まって、奈良《なら》を見物しました。
②回る　紀州《きしゅう》から伊勢《いせ》に回って、名古屋《なごや》に出ました。
③頼む　旅館では夕食に郷土《きょうど》料理を頼みました。（＝注文する）
④迷う　歩いて清水寺《きよみずでら》に行く途中、道に迷《まよ》ってしまった。

練習問題〔二〕

一、次の文の（　）の中に入れるのにもっとも適切な言葉をa～dから選んで、その記号を（　）の中に入れなさい。

1. 皇居《こうきょ》のお堀《ほり》の白鳥が卵を五個（　）いる。
a. 抱《かか》えて　b. 持って　c. つかんで　d. 抱いて
2. 父の建設会社では多くの社員を（　）いるので、事故《じこ》のないようにと心配している。
a. 抱《かか》えて　b. 持って　c 扱って　d. 抱いて
3. 他人の財布を盗もうとしたすりの腕を刑事が突然（　）。
a. かかえた　b. 持った　c. つかんだ　d. 置いた
4. その大きい方のかばんは私が（　）ましょう。
a. 抱《かか》える　b. 持ち　抱き　d. 取り
5. この大きな石を一人で（　）ますか。
a. 抱《かか》えて　b. 持って　c. 抱け　d. つかめ
6. どこの動物園に行くとコアラが（　）ますか。

a．かかえられ　b．持て　c．抱け　d．つかめ

7．強い風が吹くとその細い木は今にも（　）そうになった。
a．切れ　b．折れ　c．破れ　d．つぶれ

8．枕投《まくらな》げをして遊んでいたら、ふすまを（　）しまった。
a．切って　b．折って　c．破って　d．割って

9．突然シャンデリアが落ちて（　）た。
a．壊れ　b．つぶれ　c．割っ　d．欠け

10．教室の窓ガラスを（　）た人は、すぐに掃除しなさい。
a．壊れ　b．つぶし　c．割っ　d．破れ

11．大変だ！　家宝《かほう》の茶碗《ちゃわん》の縁《ふち》が（　）いる。
a．壊れて　b．つぶれて　c．割って　d．欠けて

12．ゆでたじゃがいもは熱いうちに（　）ください。
a．壊して　b．つぶして　c．割って　d．破って

二、次の文にもっともふさわしいものをa～dから選んで、（　）に入れなさい。

1．栓《せん》を（　）もガスが出なければ、元栓《もとせん》がしまっています。
a．ひねって　b．つまんで　c．つねって　d．しぼって

2．電話がよく聞こえないので、ラジオのボリュームを（　）ください。
a．ひねって　b．つまんで　c．つねって　d．しぼって

3．くやしかったので恋人のほっぺたを思い切り（　）。

4. a. ひねった　b. つまんだ　c. つねった　d. 掻《か》いた
5. 台風が来るからボートは杭《くい》にしっかり（　）！
a. ひねろ　b. しばれ　c. しぼれ　d. 掻《か》け
6. 作った料理を指で（　）、味見《あじみ》することをつまみ食いという。
a. つんで　b. つまんで　c. つねって　d. ひねって
7. 静岡の農園でたくさんいちごを（　）きた。
a. つんで　b. つまんで　c. つねって　d. 掻いて
8. 体育係《たいいくがかり》の勇太《ゆうた》は、恥《は》ずかしがって頭を（　）ながら前に出た。
a. ひねり　b. つまみ　c. しぼり　d. 掻き
9. 洗濯機のないころはシーツも、手で洗って手で（　）。
a. ひねった　b. つまんだ　c. しぼった　d. しばった

三、次の文の（　）に左の語を選んで入れなさい。一つの単語は一度しか使えません。
a. なぐら　b. 跳んだ　c. 回る　d. たたいた
e. 暴れて　f. ぶった　g. 踏む　h. 逃げた
1. ドアをトントンと（　）。
2. カンガルーがぴょんぴょん（　）。
3. 犬に追いかけられてどんどん（　）。
4. 裕子《ひろこ》ちゃんは僕の頭をこつんと（　）。
5. わんぱく坊主に突然がーんと（　）れた。

6. 落ち葉を（　　）とカサカサと音がした。
7. 子供達が二階でどたんばたんと（　　）いる。

四、次の文の（　　）にふさわしい語を選んで、適切な形にして入れなさい。

追う　　扱う　　はう　　転《ころ》ぶ　　またぐ　　使う　　踏む

1. 私はワープロを（　　）ないで、手で書く。
2. 硫酸《りゅうさん》を棚から出すときは慎重《しんちょう》に（　　）ください。
3. 亜弥《あや》ちゃんはかけっこで（　　）でも、すぐ起きて走った。
4. 母親の後を（　　）、子どもが道路に飛び出した。
5. 横になってテレビを見ている父を（　　）で、母にしかられた。
6. 高山《こうざん》植物を（　　）ないように、よく気をつけて歩いた。
7. 兵士《へいし》たちは茂《しげ》みを（　　）進んだ。

五、次の≪≫に「ある」「いる」を、必要があれば、形を変えて入れなさい。

1. 上野《うえの》には西郷《さいごう》さんの銅像《どうぞう》が≪　　≫。
2. 掲示板《けいじばん》の前には何人かの学生が≪　　≫。
3. 机の上には鳥《とり》かごが≪　　≫。
4. 鳥かごの中にはカナリヤが二匹≪　　≫。
5. 姉には大学生の娘が三人も≪　　≫ます。
6. 日本語のクラスには人形のようにかわいい女の子が≪　　≫。

7. オリエント急行の寝台車には一人の男の死体が《　》。
8. 今日は魚屋にまだ動いているえびが《　》。
9. モントレーの海にはあざらしが《　》。
10. あっ、あそこに子どもと握手をしているロボットが《　》。
11. あの角の花屋を曲がった所にポストが《　》ます。
12. 故郷に《　》母に、毎週手紙を書く。
13. 水族館《すいぞくかん》には、かにも《　》。
14. ここに《　》なかで、一番大きなダイヤモンドはこれです。
15. 幽霊《ゆうれい》はどんな所に《　》ますか。

六、（　）の中に、《　》の指示と同じ意味になるように「濁《にご》る」「さびる」「含《ふく》む」「劣《おと》る」「もつ」「澄《す》む」「凝《こ》る」を適切な形にして入れなさい。

1. この料金の中には税金とサービス料が（　）います。《入っている》
2. この店の料理はとても（　）盛《も》り付《つ》けで、食欲《しょくよく》が出る。《力を入れた》
3. 日本の老人福祉は北欧に比べれば（　）いる。《優れていないこと》
4. 今夜十時から工事のために水道の水が（　）ますので、ご注意ください。《汚れる》
5. 水道管が（　）のか水が茶色くなった。《腐食する》
6. 日本で一番水が（　）いる摩周湖《ましゅうこ》も、最近汚《よご》れてきた。《水がきれい》
7. 干物《ひもの》や塩漬《しおづけ》は食品を長く（　）せる昔の人の知恵である。《保存する》

七、（　）の中に《　》の指示と同じ意味になるように「もつ」「濁る」「飽きる」「含む」「似る」「そびえる」「とがる」「優《すぐ》れる」を適切な形にして入れなさい。

1. 金魚の水槽《すいそう》の水が（　）きたから、水を変えよう。《汚れる》
2. 父のがんは思ったよりも進行していたので、年末まで（　）ないだろう。《生きられない》
3. 向こうの丘の上に（　）いるのが、有名な教会です。《ひときわ高い》
4. 爬虫類《はちゅうるい》の生態《せいたい》に関しては、この研究所は（　）成果をあげている。《立派な》
5. 槍《やり》ケ岳《たけ》の頂上《ちょうじょう》は（　）いるので、どこから見てもすぐわかる。《鋭く細い》
6. 勉強に（　）たら、ジョギングに行こう。《いやになる》
7. 私は千葉さんと顔が（　）いるので、よく間違えられる。《そっくり》
8. 海草《かいそう》には多くのカルシウムが（　）いる。《入っている》

八、上の文の意味にもっとも近い動詞の用例に○をつけなさい。

1. 生活の手段を表すもの。
   - イ．オランウータンは森に住んでいます。
   - ロ．私たち夫婦《ふうふ》は年金だけで、暮らしています。
   - ハ．家に帰ったらテレビを見て過ごす。
2. 居住を表すもの。
   - イ．うちの庭にはかえるも住んでいる。
   - ロ．両親は兄一家と暮らしている。
   - ハ．ありは夏中働いて過ごす。

3. 時間の経過を表すもの。
- イ. 夫は博多《はかた》に単身赴任《たんしんふにん》している。
- ロ. 親の遺産《いさん》が入った孝雄《たかお》は、遊んで暮らしている。
- ハ. 毎日を無事に過ごす。

4. 一カ月
ホームステイしていた。
- イ. 私は札幌《さっぽろ》に住んでいた。
- ロ. 私は金沢《かなざわ》に暮らしている。
- ハ. 私は筑波《つくば》にいたことがある。

5. 必要である。
- イ. 結婚するにはお金がいる。
- ロ. その恋人には夫がいる。
- ハ. 私には孫《まご》がいる。

6. 終わる。
- イ. 毎日掃除をしないと、気がすまない。
- ロ. 「すみません」といってあやまった。
- ハ. 仕事が済むまで、待っていてください。

7. 取り除くこと。
- イ. 高校生はあわててたばこのにおいを消そうとした。
- ロ. おじいさんはあわてて火事を消そうとした。
- ハ. 子どもたちはあわててテレビを消そうとした。

8. 余分にある。
- イ. こづかいが残っていたら、貯金しなさい。
- ロ. 給食の牛乳が余ったら、野球部にください。
- ハ. へそくりがあったら、出しなさい。

9. あるべき場所にない。
10. 元の場所に置く。

イ. 株価の予想が外《はず》れた。
ロ. このクーラーは必要がないから、外してください。
ハ. 車輪《しゃりん》がレールから外れた。

イ. 台風が来そうなので、生徒たちを家に帰す。
ロ. はさみを使ったら、机《つくえ》のひきだしに返しなさい。
ハ. ホットケーキを上手に返す。

九、次の文の（　）に左の語を選んで、適切な形にして入れなさい。

返す　並《なら》べる　比《くら》べる　足りる　計る　巻く　外れる　済《す》む　過ぎる　急ぐ

1. お金が（　）なかったので、辞書が買えませんでした。
2. バレンタインデーに義理《ぎり》チョコレートをもらったら、ホワイトデーにプレゼントを（　）。
3. ケーキを作るときは、材料をきちんと（　）と失敗《しっぱい》しない。
4. 食事が（　）だら、すぐ出掛けます。
5. 銀行は三時までなので、（　）で行かないと間に合わない。
6. 絶対この馬が勝つという孝一《こういち》の予想が（　）た。
7. 日の当たる窓辺に植《うえ》木《き》鉢《ばち》をたくさん（　）ている。
8. 兄と弟とどちらが背が高いか（　）てみた。
9. 深夜の十二時を（　）ても電車は混んでいる。
10. 木にわらを（　）ておくと、寒い時期に害虫《がいちゅう》がその中に集まる。

十、次の（　）に、下に示す指示に合った和語動詞を入れなさい。

1. 沙織《さおり》さんは地下鉄に（　）、渋谷《しぶや》までおつかいに行きました。（＝乗車する）
2. 駅前の広い通りを（　）、向こう側にある銀行に行きました。（＝横断する）
3. 道路は駐車禁止なのに、車がいつも（　）あります。（＝駐車する）
4. 道路には車が多すぎて、いつも（　）います。（＝混雑する）
5. 次に名店街に行って、水ようかんを（　）。（＝購入した）
6. 地下鉄なのに渋谷駅では地上三階から電車が（　）います。（＝出発する）
7. 昼間なので電車は（　）いました。（↕混む）
8. 何人乗っているか（　）みたら、約三十人だった。（＝計算する）
9. 踏《ふ》み切り事故《じこ》のために、途中の駅でしばらく電車は（　）。（＝停車した）
10. 地下鉄は回数券も（　）ので、便利です。（＝使用できる）

十一、次の文の（　）に衣服や付属品の着脱に関する動詞を入れなさい。（↕）は逆の動作を示しています。

1. 祖父《そふ》はオーバーを（a.　）、毛糸の帽子を（b.　）外出しました。
2. 兄はＧパンを（a.　）、ヘルメットを（b.　）出かけた。
3. 妹はスカートを（a.　）、ソックスを（b.　）た。（↕脱ぐ）
4. 母は和服《わふく》を（a.　）、帯を（b.　）たが、行くべきかどうか迷っている。
5. 父は背広を（a.　）、ネクタイを（b.　）た。（↕脱　↕外す）

6. 姉はデートに行くのに帽子を（a.　　）、指輪を（b.　　）ブローチも（c.　　）た。
7. 弟は野球帽《やきゅうぼう》を（a.　　）、めがねを（b.　　）いる。
8. 祖母《そぼ》は盆踊《ぼんおど》りに行くためにゆかたを（a.　　）、げたを（b.　　）た。
9. 私は着物を着たいけれど、帯を（　　）のが難しい。
10. たけちゃん早くパンツを（　　）なさい。

十二、次の文の（　　）にふさわしい単語を適切な形にして入れなさい。

1. そんなに濃《こ》いコーヒーを何杯《なんばい》も（　　）のは健康によくない。
2. そんなにあわてないで、ごはんはよく（　　）食べなさい。
3. 塩《しお》か砂糖《さとう》か分からなければ、ちょっと（　　）みなさい。
4. トム君はりんごを（　　）ながらやってきた。
5. 最近、たばこを（　　）若者がふえた。
6. 知らないうちに毒を（　　）されて、死んだ王も多い。

十三、次の文の（　　）に適切な単語をa～dから選んで、その記号を入れなさい。

1. ごはんを上手に（　　）には、米を白い濁《にご》り水がなくなるまでよく洗う。
　a. 煮る　b. 炊く　c. 蒸《む》す　d. 沸《わ》かす
2. 次に水を米の1.2倍入れて、三十分以上おいてから、電気《でんき》がまのスイッチを（　　）。
　a. 切る　b. 上げる　c. 出す　d. 入れる
3. さんまをじょうずに（　　）には、強火の遠火がよい。

a．焼く　b．揚《あ》げる　c．いためる　d．煮る

4．卵をかたく（　）場合は、湯が沸騰してから十二分火にかける。
a．煮る　b．蒸《む》す　c．沸かす　d．ゆでる

5．中華街ではおいしそうな饅頭《まんじゅう》やしゅうまいを店先で（　）売っている。
a．煮て　b．焼いて　c．蒸して　d．揚げて

6．てんぷらは材料を冷やしておくと、上手に（　）ことができる。
a．煮る　b．焼く　c．蒸《む》す　d．揚げる

7．ほうじ茶はお茶の葉を（　）、香《こう》ばしい香《かお》りを出したお茶である。
a．煎《い》って　b．焼いて　c．蒸《む》して　d．いためて

8．スパゲッティを（　）ときは、大きな鍋にたっぷりの湯を用意する。
a．煮る　b．ゆでる　c．蒸す　d．沸かす

9．海辺の宿では舟の形をした器に、刺身《さしみ》を美しく（　）出される。
a．入れて　b．のせて　c．盛って　d．並べて

10．チャーハンは卵や肉や野菜とごはんを（　）作ります。
a．煮て　b．いためて　c．炊いて　d．焼いて

11．黒豆は洗って一晩水《ひとばんみず》につけておいて、とろ火で（　）。
a．煮る　b．沸かす　c．炊く　d．蒸す

12．もうすぐパイが（　）から、お茶にしましょう。
a．蒸す　b．蒸せる　c．焼ける　d．焼く

13．お湯が（　）たら、ガスを消してください。

a．煮え　b．煮　c．沸かし　d．沸い

14．リンゴは皮を（　）一口《ひとくち》大に切り、砂糖・レモン・シナモンを入れて煮る。

a．むいて　b．むく　c．きざみ　d．切って

15．肉ジャガは牛肉とじゃがいもを（　）ものです。

a．焼いた　b．煮た　c．炒めた　d．ゆでた。

十四、次の文の（　）に左の動詞を選んで、適切な形にして入れなさい。同じ動詞を何度か使ってもよい。

冷やす　温める　混ぜる　きざむ　作る　造る　盛る　はさむ

1．カレーを（　）ので、牛肉とたまねぎを買った。

2．パセリを細かく（　）で、グラタンの上にかけた。

3．夕食《ゆうしょく》を（　）おいたから、子どもだけで食べてね。

4．和食《わしょく》は美しい器《うつわ》に形よく（　）出される。

5．すりごまとしょうゆを（　）ゆでたほうれん草にかける。

6．お雑煮《ぞうに》（お正月に食べる餅《もち》の入った汁）の（　）かたは、地方によっていろいろある。

7．みそは大豆や麦から（　）られる。

8．なすにチーズを（　）でオーブンで焼く。

9．温かい料理を出すときは皿も（　）て出す。

10．フルーツゼリーは冷蔵庫で（　）たものを出す。

十五、次の文の（　）に左の動詞を選んで、適切な形にして入れなさい。同じ動詞を二度使ってもよい。

貸す　借りる　掃く　ふく　磨《みが》く　塗《ぬ》る　直す

1. この辺りで一軒家《いっけんや》を（　）と一カ月三十万円はします。
2. せっかく車を（　）たのに、雪が降《ふ》って泥《どろ》んこになった。
3. 家具つきの家を（　）たいが、なかなかみつからない。
4. 牛乳をこぼしたので雑巾《ぞうきん》で床を（　）。
5. 隣の空《あ》き地を駐車場《ちゅうしゃじょう》にして、他人に（　）たい。
6. 日曜日には車庫のペンキを（　）ろうと思っている。
7. 庭は竹ぼうきで（　）てください。
8. トイレの排水管《はいすいかん》が壊れたので（　）てほしい。

十六、次にあげる動詞の中から、（　）に入るもっとも適切なものを正しい形にして入れなさい。

書く・写す・描く・吹く・たたく・歌う・弾く

1. 日本人は旅先の宴会ではカラオケで歌を（　）のが好きだ。
2. 太郎君はお祭りが大好きで、いつも太鼓《たいこ》を（　）いる。
3. 小学生が学校で笛を習うと、笛を（　）ながら家に帰る。
4. 歌舞伎《かぶき》の地方《じかた》がずらりと並んで、いっせいに三味線《しゃみせん》を（　）。
5. 最近の学生はノートを（　）ずに、コピーを取る。
6. 「野菊《のぎく》の墓《はか》」は農村の若い男女のはかない愛を（　）いる。

7. 今、卒業論文を（　　）いますが、調べることが多くて困っています。

8. ファゴットを（　　）と頭がはげると言われている。

十七、次にあげる動詞の中から、（　　）に入るもっとも適切なものを正しい形にして入れなさい。

A. 編む　生ける　泳ぐ　滑る　賭《か》ける　負ける

B. もらう　回る　配る　登る　焼く　詠《よ》む

A.

1. 夏になると小学校ではプール指導があるので、子どもたちはみんな（　　）。（可能形に）

2. スケートの上手な人はスキーも上手に（　　）。

3. 優勝候補の高校が、一回戦で（　　）てしまった。

4. 姉はセーターを（　　）のが好きですが、時々頭が入らないのを作ります。

5. 居間には、いつも季節の花が（　　）てある。

6. 競馬の大好きな兄は、こづかいを全部好きな競馬に（　　）た。

B.

7. みんなにボールを一個ずつ（　　）てください。

8. 日曜日ごとに丹沢《たんざわ》の山に（　　）ています。

9. パトリシアさんは焼き物に凝っていて、いろんな茶わんを（　　）ている。

10. 久しぶりに旅に出たら、短歌を（　　）たくなった。

11. 直美《なおみ》さんと旅行をしようと思って、パンフレットを（　　）てきました。

12. 萩《はぎ》や秋吉台《あきよしだい》を（　　）ろうと思います。

第三章　精神と身体

〔一〕感覚

1. みる（見る・観る）（─ヲみる）──視覚に関するもの

目で物の形や存在を認識したり、その内容をつかみとること。日本語の「見る」には「会う」の意味はない。

(1) 対象が具体的なもの

①子どもたちは学校から帰るとテレビばかり見ている。歌舞伎《かぶき》を観《み》る。

②飛行機がぶつかるのを見た。白い蛇《へび》を見た。

③ウイルスの動きを一日中顕微鏡《けんびきょう》で見る。（=観察する）

④奈良《なら》では飛鳥《あすか》の石舞台《いしぶたい》や古墳《こふん》を見てきました。（=見学する）

⑤子供は漫画《まんが》を見るのが楽しくて床屋《とこや》に行く。（=読む）

⑥見える（見ようという意志はなくても、自然に目に入ってくること。）

a. 眼鏡《めがね》をかけないと、辞書や新聞の字が見えない。

b. 幸せそうに見えるのに、ずいぶん苦労したんですね。

(2) 派生的な意味

①ちょっとこの煮物《にもの》の味をみてください。（=味をためす）

②風呂の湯加減《ゆかげん》をみる。額《ひたい》に手をあてて、熱があるかどうかをみる。（＝試す）
③ひよこの雌雄《しゆう》をみるのは、熟練《じゅくれん》がいる。（善しあしや違いを見て決める。）
④家の修理に二百万円を見ておけばよいでしょう。（＝予定する）
⑤娘が結婚後も働いているので、私が孫の面倒《めんどう》を見ています。（＝世話をする）
⑥結婚運・事業運なんでも手相《てそう》で見ます。（＝予想する）
⑦空模様《そらもよう》を見ると、西の空に黒い雲が出て来た。一雨《ひとあめ》来そうだ。（＝…を見て判断する）
⑧あの若社長も事業に失敗して初めて、世間の厳《きび》しさを見ただろう。（＝経験した）
⑨私は年よりも若く見られる。（＝他の人にそう思われる）

(3)　その他
①眺《なが》める　サンシャインビルから東京の夜景《やけい》を眺める。（じっと見つめる・見渡す）
②見せる　成田空港に来る人は、入り口で身分を証明するものを見せてください。
③のぞく　a．塀《へい》に穴があいていると、人はのぞきたくなるものだ。（＝中をちょっと見る）
b．スカートからスリップがのぞいている。（＝一部分が見える）

2．きく（聞く・聴く）――聴覚に関するもの

(1)　対象が具体的なもの。
①ラジオを聞きながら勉強する。
②聞こえる（聞こうという意志がなくても、自然に耳に入ってくること。）
a．祭りの太鼓の音が聞こえると、みんなうきうきする。

b. ベートーベンは耳が聞こえなくなっても、作曲を続けた。

(2) 派生的な意味

① a. 女性に年齢《ねんれい》を聞くのは失礼だ。

b. 明日の予定を電話で聞く。

② 一郎は子どものころ、親の言うことを聞くよい子だった。

③ 父は私の言うことは何でも聞いてくれるので、オートバイを買うことにした。

④ 友達が結婚するということを聞いた。その名前はよく聞く名前だ。

3. 嗅覚《きゅうかく》に関するもの

① かぐ　梅の花のにおいをかぐ。肉のにおいをかいでみたけど、腐《くさ》ってるみたいよ。

② におう　ラベンダーがにおっている。ごみがにおうので困ります。

4. 味覚に関するもの

① 味わう　そんなにあわてて食べないで、じっくり味わってください。

〔注〕「味をみる」は味付けを試《ため》すこと。「味わう」は素材から調理のしかたまで全体を楽しむこと。

5. 触覚《しょっかく》に関するもの

① 触《さわ》る　絹は手で触ると、手触《ざわ》りがとても良い。（手で対象物に接触《せっしょく》する）

②触《ふ》れる　展示品に手を触れないでください。

〔注〕「触《さわ》る」と「触《ふ》れる」はほとんど同じ動作であるが、「触れる」は無意識に接触した場合も含まれる。

③なでる　その仏の頭をなでると頭が良くなる、と言われている。

6．その他の感覚に関するもの

①感じる　畳の部屋は落ち着きを感じるので、大好きです。

②ぼける　私の親もぼけてきたのかしら、おなじことを何度も言っているわ。

③狂《くる》う　こんな馬鹿なことをするなんて、気でも狂ったんじゃない？

④覚《さ》める　あっ、飛行機が落ちると思ったとたん、夢から覚めた。

⑤痛む　頭がずきずき痛むので、薬を買ってきてください。

⑥しみる　（外からの刺激が身体の中に入る）

a．（痛みを感じる）傷口《きずぐち》を消毒《しょうどく》する薬がしみて、飛び上がる程痛かった。

b．（冷たさを感じる）夜遅く疲れて家に帰る時は、寒さが身にしみる。

⑦しびれる　手足がしびれるのは、どこかに病気が隠されているからにちがいない。（感覚がなくなったり、自由に動かなくなること。）

〔二〕感情

1．喜楽（日本語にはよい感情を表す動詞は少ない。）

①笑う　a．（陽気な笑い）若い女の子は大きな声でよく笑う。

②喜ぶ　b.（嘲笑《ちょうしょう》）その少年は、皆が自分のことをばかにして笑ったと思った。
③楽しむ　学生たちは試験が延期《えんき》になって、とても喜んだ。
スポーツを楽しむのは健康に良い。

2. 苦痛《くつう》・嫌悪《けんお》

①泣く　一晩中赤ん坊に泣かれて眠れなかった。
②怒《おこ》る　毎晩六本木で遊び回っている娘を見て、父親はかんかんに怒った。
③困る　日本語が分からなくて困りました。
④悲しむ　王妃《おうひ》の死を悲しんで、タージマハールを建てた。
⑤苦しむ　サラ金で借金をして楽しく遊ぶと、後《あと》で返済《へんさい》に苦しむことになる。
⑥悩《なや》む　彼は会社の人間関係に悩んでいるようだ。
⑦あきれる　東京の物価が高いのにはあきれました。(予想以上に悪いことに使う。)
⑧あきらめる　土地の値段が上がってしまったので、東京で家を買うのはあきらめた。
⑨焦《あせ》る　兄は仕事が思うようにいかなくて、とても焦っている。(↔落ち着く)
⑩嫌《きら》う　若者は、汚い・きつい・危険な仕事を嫌う。

3. その他の感情

①甘える　いつまでも親に甘えていないで、自分のことは自分でやりなさい。
②なつく　野生《やせい》動物が人になつくのはよくない。
③あこがれる　子どものころは電車の運転手にあこがれていた。

④驚く　人々はその事件の異常《いじょう》さに驚いた。物音に驚いた鳩《はと》がいっせいに飛び立った。

⑤びっくりする　ドアを開けたら大きな犬が出てきたので、びっくりした。（話し言葉に多い）

〔注〕「驚く」「びっくりする」は良いことにも悪いことにも使える。意味の差はない。

〔三〕　身体

身体の部分、特に頭・顔・首・腹・腕・手・足・目・口などに関しては、「顔をつぶす」・「腹《はら》を探《さぐ》る」「目の敵《かたき》にする」などの慣用句が非常に多い。これらの慣用句は身体の各部分の名称が本来の意味以外の事がらを指《さ》し、動詞の意味はそのままであることが多い。

1．生死

①生《う》まれる　（生物だけでなく、国・町・会社・団体・新記録・学説・芸術家・新しい製品など何にでも使うことができる。）

私は神戸《こうべ》で生まれたけれど、育ったのは横浜《よこはま》です。

②産《う》む　a．（出産）子どもを産んだ後、体重が十キロ増えた。

b．（産卵）鶏《にわとり》が卵を産むと、自動的に卵が集められる。

③生《い》きる　私の祖母は百歳まで生きました。（生命を保つ）

④死ぬ　（「死ぬ」は動物だけでなく、草木・言葉・文章・絵などにも使える。）

交通事故で多くの人が死んでいます。（＝死亡する）

〔注〕死者の尊厳《そんげん》から言えば、「亡くなる」「死亡する」「死ぬ」の順になる。「死ぬ」は自動詞であるが、他動詞は「殺す」となる。

⑤失《うしな》う　母を失って（亡《な》くして）はじめて、親のありがたさが分かった。

⑥亡《な》くなる　父は私が三歳の時に亡くなりました。（人間にのみ使える）

〔注〕日本語には死を表す語は多く、その大半は「仏になる」のように「なる」が用いられる。
（10頁参照）

⑦殺す　立派な牙《きば》をもっている象《ぞう》は、その牙のために人間に殺される。

⑧焼く　日本では死んだ人は焼くことになっている。（荼毘《だび》にふす）

2．身体

イ　外部に現れる状態

①かく　暑くもないのにこんなに汗をかくのは、どこかおかしい。いびきをかく。

②生《は》える　赤ちゃんに歯が生えてきた。子牛に角が生えてきた。

③生《は》やす　立派なひげを生やした紳士は詐欺師《さぎし》だった。

④伸びる　苦労すると髪が伸び、楽すると爪《つめ》が伸びると言われている。

⑤はげる　僕の父も頭がはげているから、僕もはげるんじゃないかなあ。（髪の毛がなくなる）

⑥太る　たばこをやめたら、こんなに太ってしまった。

⑦やせる　どこか悪いんじゃない？　そんなにやせてしまって。

⑧弱る　身体が弱ってくると、すぐ風邪《かぜ》をひくようになる。（↔形容詞強く＋なる）

⑨老《ふ》ける　兄は年よりも老けて見られる。（実際の年齢よりも年上《としうえ》だと思われる）

⑩焼ける　春スキーに行って、顔が真《ま》っ黒《くろ》に焼けた。

ロ　身体の状態

①すく　お昼を食べていないので、おなかがすいて目が回りそう。
②渇《かわ》く　のどが渇いたから、ビールでも飲みますか。
③凝《こ》る　家中の窓ガラスを磨《みが》いたら、肩が凝って頭が痛くなった。
④疲れる　今日は社長のお宅でごちそうになったが、とても疲れた。
〔注〕「疲れる」「くたびれる」は肉体的にも精神的にも疲労《ひろう》することを表すが、「ばてる」「のびる」は、肉体的な疲れを表す。
⑤くたびれる　娘と買い物に行って、デパートを三つも回ったらくたびれた。
⑥ばてる　連日《れんじつ》夜三十度を越《こ》す暑さが続いて、みんなばててしまった。
⑦のびる　（重症《じゅうしょう》で、「意識を無くす」ことも意味する。）
決算で仕事が徹夜《てつや》になってしまい、みんなのびてしまった。

〔四〕気分・病気

1．気分

日本語では「なる」動詞が多く使われる。「嫌《いや》になる」、「恐ろしくなる」、「ゆううつになる」

①沈《しず》む　失恋して沈んでいる友達を励《はげ》まそう。
②使う　神経を使い過ぎて胃《い》が痛くなる。

2．病気

①かかる・なる・やる・する　（はしか・肺炎《はいえん》・風邪《かぜ》・コレラ・チフスなどウイルスによる病気。）

おたふくかぜにかかったことがありますか。何才のときにやりましたか。

②する　(骨折《こっせつ》・捻挫《ねんざ》など自分または他人の動作が原因となって、瞬間的《しゅんかんてき》に悪くなる場合。)
レントゲンを撮ってみたら、右手が骨折していた。(骨が折れていた。)

③する・なる　(病名＋ヲシタ・ニナル　臓器《ぞうき》名＋ヲ悪クシタ・ガ悪クナル。)
〔注〕臓器が病気の状態になったとき。「する」は自分に責任がある感じがするが、「なる」は臓器の状態が変化したことを述べている。
a．酒を飲みすぎて、肝臓《かんぞう》を悪くした。肝臓が悪くなった。
b．ノイローゼ・神経症・躁鬱病《そううつびょう》になる。(精神科の病気は「なる」を用いる)

④できる　(おでき・にきび・あざ・こぶ・など余分なものが現れる。がん・水虫《みずむし》ができる。)
検査の結果、脳にしゅようができていることが分かった。

⑤起こす　(ヒステリー・てんかん・かんしゃくなど。突然生じる病気に用いる＝起きる)
a．病原大腸菌《びょうげんだいちょうきん》は下痢《げり》や便秘《べんぴ》を起こしやすい。
b．父は先月心臓発作《ほっさ》を起こしたけれど、手当てが早かったので助かりました。

⑥出る　(熱・発疹《はっしん》・黄疸《おうだん》・じんましん、内部からの病気の症状が現れること。)
a．私は卵を食べるとじんましんが出る。
(血・涙・汗・うみなど身体から出る液体について言う。)
b．たまねぎを切っていたら、指を切ってしまい血が出てきた。

⑦流れる　病院に運ばれて来たけが人《にん》の足から、血がたくさん流れていた。

⑧ひく　風邪《かぜ》をひいて、朝から鼻ばかりかんでいる。(ひくは風邪《かぜ》の場合のみで、ほかの病気には用いない。)

⑨ひく　a．足のはれが退くまでは、安静《あんせい》にしてください。（表面に出ていたものがなくなる。）
b．夫ががんだと聞かされて、顔から血の気が引いた。（いつもあるものがなくなる。）

⑩腫《は》れる　蜂《はち》にさされて、こんなに腫《は》れてしまった。

⑪かかる　胃の調子が悪いので、内科の医者にかかっています。（診察を受ける）

⑫うつる　エイズは人から人にうつる病気だが、そんなに恐れる必要はない。

⑬流行《はや》る　はしかが流行っているから、小さな子どもは注意してください。

3．治療《ちりょう》

①診《み》る　医者は患者《かんじゃ》を診《み》て、薬を出す。（＝診察する。）

②治《なお》る　肝臓が治るまでお酒を飲んではいけません。

③治《なお》す　早く病気を治してから、仕事をしてください。（＝治療《ちりょう》する）

④手術する　ガンは早く発見して手術すれば、治《なお》る可能性は高い。

4．薬

①飲《の》む　この薬は八時間おきに、飲んでください。

②塗る　軟膏《なんこう》は、朝晩傷口《きずぐち》に塗ってください。（液体やペースト状の薬を身体につける。）

③はる　傷口《きずぐち》にばんそうこうをはる。

④さす　目薬は一日三回さして、軟膏《なんこう》も目の回りに塗ってください。

⑤出す　　薬を出しますから、時間を守って飲んでください。
⑥効《き》く　　よく効く薬は、副作用《ふくさよう》の心配もある。

5．健康

①こわす　　無理をして身体をこわさないように。
②倒れる　　あんなに元気そうだった父が、突然高血圧《こうけつあつ》で倒れた。

練習問題〔三〕

一、単語が1～5にあります。その意味にもっとも近い用例を選んで（　）の中にその数字を書きなさい。

A．みる
1．観察する
2．研究する
3．（価値）を判断する
4．調べる
5．読む

（　）古文書《こもんじょ》を見て、その地方の歴史を書く。
（　）今朝の新聞見た？
（　）車のエンジンの調子が悪いので見てください。
（　）学校の周《まわ》りに生《は》えている草をよく見ましょう。
（　）ダイヤモンドの色やきずをみる。

B．きく
1．尋《たず》ねる
2．質問する
3．素直な

（　）松本さんが転校することは聞いていました。
（　）宿題が分からなければ明日先生に聞きなさい。
（　）朝早く起きると、小鳥たちの鳴き声が聞こえる。

4．知っている　（　）駅前の交番で道を聞く。
5．自然に耳に入る　（　）このクラスの子どもたちは先生の言うことをよく聞く。

二、次の文の（　）に後ろからもっとも適切な言葉を選んで、その記号を書きなさい。
1．向こうの岩のそばに雷鳥《らいちょう》がいるのが（　）ますか。
2．私たちのないしょ話、鈴木さんに全部（　）いたのよ。
3．八木《やぎ》さんは青い顔をして、調子が悪そうに（　）。
4．周波数《しゅうはすう》の高い音は犬には（　）。
5．電話の声が小さくてよく（　）ません、もっと大きな声で話してください。
6．教室の後ろに座っている人、黒板の字が（　）ますか。
7．今日は妻が同窓会に出かけるので、子どもの面倒を（　）られる。
8．夕べは家に帰ったとたん、妻のぐちを（　）られた。
a．聞こえる　b．聞こえ　c．聞かれて　d．見て　e．見え　f．見える
g．見させ　h．聞かせ

三、次の文の（　）に後ろからもっとも適切な言葉を選んで、その記号を書きなさい。
A．1．変な人が家の中を（　）いるから注意しなさい。
2．健雄《たけお》君は香水のにおいを（　）とアレルギーが起きる。
3．子どものとき熱いやかんに（　）やけどをしたことがある。
4．富士山《ふじさん》の頂上からまわりを（　）たい。

5. にんにくはよくいためると、後で（　）ない。
6. 目が（　）ときは、もう遅かった。
　a. 覚めた　b. 眺め　c. かぐ　d. におわ　e. のぞいて　f. 触《さわ》って

B.
1. 息苦しさを（　）目を覚ますと、煙でいっぱいだった。
2. 教室を（　）たら、生徒が漫画を読んでいた。
3. 昨夜は手術の跡が（　）眠れなかった。
4. 手先が（　）字がうまく書けない。
5. アイスクリームを食べたら、歯に（　）。
6. 楽しい夢は（　）ないでほしい。
　a. しびれて　b. 覚め　c. のぞい　d. 感じて　e. しみた　f. 痛んで

四、次の文の（　）の中から、適切な語を選びなさい。
1. 電話をかけようと思ったら、十円玉がなくて（a. 悩《なや》んだ　b. 困った　c. 甘えた）。
2. 入学試験は（a. 悩まず　b. 困らず　c. 焦《あせ》らず）に、じっくり問題を読みなさい。
3. 家の商売を継《つ》ぐか牧師《ぼくし》になるか（a. 悩んだ　b. 困った　c. 焦った）時期があった。
4. 週末は家族で山歩きを（a. 喜んで　b. 困って　c. 楽しんで）います。
5. ドアを開けるやいなや突然「おめでとう！」といわれて、（a. 喜んだ　b. 驚いた　c. あきらめた）。
6. ぼくは彼女に（a. 嫌われた　b. 飽きた　c. 焦った）らしい。

7. しかし、僕は彼女をまだ（a．嫌って　b．あきらめて　c．焦って）いない。
8. この店のすしはあんまり値段が高いので（a．嫌われた　b．飽きた　c．びっくりした）。
9. 大学生になっても、金銭的《きんせんてき》には親に（a．甘えて　b．あきらめて　c．困って）いる。
10. 子どものころから（a．甘えて　b．なついて　c．あこがれて）いた警察官になりたい。

五、次の文の（　）に、後ろから適切な言葉を選んでその記号を入れなさい。

1. この木にはいつもからすが卵を（　）。
2. こんなに寒くなったのに、庭の隅《すみ》でまだこおろぎが（　）いた。
3. ショパンコンクールからは、世界的なピアニストが多く（　）。
4. 親を（　）、はじめて親のありがたさが分かった。
5. 仏教では「生《い》き物を（　）はいけない」と教えている。
6. （　）人は救急車《きゅうきゅうしゃ》に乗ることはできない。
7. 葬式《そうしき》の後、亡くなった人は棺《かん》に入ったまま火葬場《かそうば》で（　）。

a．殺して　b．死んだ　c．生きて　d．生まれた　e．亡くして
f．焼く　g．産む

六、次にあげる動詞の中から、（　）に入れるのにもっとも適切なものを選びなさい。

はく・かく・かいた・みがき・生やした
のびる・切ら　亡くした・はげて・空いて

1. 伊東《いとう》さんは背が高くて、頭が（　）います。

2. 爪《つめ》は深《ふか》く（　）ないように注意する。
3. 大事な書類の入ったカバンを駅に忘れて冷汗《ひやあせ》を（　）が、親切な人が届《とど》けてくれた。
4. 私は大きないびきを（　）ので、一人部屋にしてください。
5. 寒い冬の日は（　）息《いき》が白く見える。
6. 食事の後、すぐ歯を（　）なさい。
7. おかあさん、ごはんまだ？　おなかが（　）目がまわりそうだよ。
8. 杜子春《とししゅん》がその門のところに来ると、長いひげを（　）老人が立っていた。
9. 苦労すると髪《かみ》が（　）し、楽をすると爪が伸びるといわれている。
10. 子どもが小学生のとき夫を（　）ので、女手《おんなで》一つで育ててきた。

七、次の文の（　）に、後ろから適切な言葉を選んでその記号を入れなさい。

1. あなたははしかに（　）ことがありますか。
 a. する　b. した　c. かかった　d. なる
2. どうしましたか？　朝から頭痛《ずつう》が（　）せきが（　）ます。
 a. して　b. 出て　c. なって　d. 出
3. かぜを（　）、薬を（　）よく眠《ねむ》るとすぐ治る。
 a. したら　b. ひいたら　c. して　d. 飲んで
4. おたふくかぜにかかった子どもは、完全に（　）ないと幼稚園に行けません。
 a. かかって　b. して　c. なって　d. 治ら
5. 次郎は自転車で転んで、おでこに大きなこぶが（　）。

a．できた b．出た c．した d．なった

6．夕食にさばを食べたら、じんましんが（　）。

a．できた b．出た c．した d．やった

7．この薬はとてもよく（　）けれど、副作用もつよい。

a．飲んだ b．飲む c．効《き》く d．した

8．最近頭が悪く（　）らしい。いくら勉強しても成績はいつもビリだ。

a．した b．できた c．なった d．出た

9．酒の飲み過ぎで、胃を（　）らしい。

a．かかった b．ひいた c．こわれる d．こわした

10．異常に気がついた妻が、すぐ医者を呼んだので夫は（　）。

a．助かった b．助けた c．亡くなった d．倒《たお》れた

八、次の文の（　）の中から、もっとも適切なものを選びなさい。

1．冷たいものばかり食べていたら、おなかを（a．倒れて b．こわして c．うつして）しまった。

2．病気になって病院に行くと、かぜが（a．出る b．かかる c．うつる）こともある。

3．黄疸《おうだん》が（a．出て b．できて c．起こって）はじめて、肝臓《かんぞう》が悪いことがわかった。

4．糖尿病《とうにょうびょう》と肝臓病を同時に（a．うつる b．起こす c．治す）のは難しい。

5．急に立ったときに、めまいが（a．出た b．した c．できた）。

6．喉《のど》にポリープが（a．出て b．起きて c．できて）います。

7. 足の指が（a．はれる　b．できる　c．痛む）のですが、痛風《つうふう》じゃないでしょうか。
8. かぜだろうと軽く考えていたら、肺炎《はいえん》に（a．して　b．なって　c．起こして）いた。
9. 階段でちょっと転んだだけなのに、骨が（a．折れて　b．はれて　c．流れて）いた。
10. 熱が（a．起こっ　b．し　c．出）たら、この薬を飲んでください。
11. 熱があってのどが痛いのですが、何科に（a．出　b．かかっ　c．入っ）たらいいですか。
12. 責任のある仕事を一人で抱《かか》えていた鈴木《すずき》さんはノイローゼに（a．なった　b．かかった　c．うつった）。

第四章　移動・変化—現象、作業・人・ものの動き

〔一〕開始・終了・開閉

動詞		使用例
開（ひら）く	終わる（他）	会議・競技大会・催し
開（あ）く	閉《と》じる（自）	幕（オリンピックの～）
開（あ）く	—（自）	目・窓・門・ふた
開（あ）く	ふさがる（自）	穴・道・（（他）開ける・ふさぐ）
開（ひら）く	閉《と》じる（他）	本・扉（両開《りょうびら》き）・店（新規開業《しんきかいぎょう》・廃業）
開（あ）ける	閉《し》める（他）	門・戸・カーテン・冷蔵庫・ハンドバック・バルブ・蓋・店（日々の営業）
開（あ）ける	閉《と》じる（他）	目・口・手
開（あ）く	閉《し》まる（自）	踏み切りの遮断機《しゃだんき》・自動扉《とびら》・店（終業《しゅうぎょう》・休業《きゅうぎょう》）

開(ひら)く	しぼむ(自)	花
開(ひら)く	すぼめる(他)	傘

①始まる　学校が始まれば、アルバイトはできない。

②始める　あの人がスピーチを始めると、短くても三十分はかかる。

③終わる　a.(自)明日で夏休みが終《お》わるのに、まだレポートが書けていない。

b.(他)これで私の講義を終わります。

④終える　船は修理を終えて見違える程美しくなった。

〔注〕　自然の移り変わりを表す場合、「始まる」の代わりに到来を表す動詞が使われる(例—「梅雨ニ入ル」「冬ガ来ル」「夜ニナル」)、また「終わり」を表す動詞は、「終わる」の他、「明ケル(梅雨・夜)」「暮レル(日)」が使われる(第六章自然を参照)。)

⑤完了《かんりょう》する　組み立て作業が完了したので、明日から試運転《しうんてん》を行う。(完成・目標を達成する)

⑥終了《しゅうりょう》する　みなさまのご協力のおかげで競技会は無事終了いたしました。(行事が終わる)

⑦果《は》たす　約束を果たすまで歯をくいしばって頑張ります。(約束・念願を実現させる)

〔二〕 移動

①動く　自然に目や手足が動くのは、神経《しんけい》と筋肉《きんにく》の働きによるのです。

②移る　来週から新しい事務所に移ります。

③進む　ウオーターフロントの造成工事《ぞうせいこうじ》は予定通り進んでいる。

④行く　a.(移動)銀座まで行くバスはどれですか。

b.(成就)この方法なら計画はうまくいくと思います。

⑤来る　バスでは遅くなると思って、タクシーで来ました。
（季節・時期の到来にも使う。例—あと二日で正月が来る。）

〔注〕「行く」は「離れる／去る」、「来る」は「近づく／着く」の概念に通じる。話題の焦点（場所）、現在の時点または移動の前後を基準にして、話し手がどこに視点を置くかだけによって、「行く・来る」の使い分けが決まってくる。この点が、聞き手のいる所に「come」を使うことのある英語等と異なっている。

〔例〕1．明日京都に行く。夕方君のところに行っていいかい。（話題の焦点—京都・友人の家。移動前）（丁寧体—お宅に伺っていいですか）

2．守《まもる》さんは祖母の家によく行く。（焦点—第三者である守。現時点）
守さんは祖母の家によく来る。（焦点—祖母の家。現時点）

3．みんなで海に行くけど、君も来ないか。（焦点—海。移動する前の話であるが、話し手の視点は移動後に移っている）

4．北京からまず東京に行って、その後京都に来ました。（焦点—北京・東京・京都。移動後）

⑥帰る　a．猛烈《もうれつ》に働いて疲れたので、まっすぐ家に帰った。（帰宅）
b．米国に帰って、シアトルで働いているらしい。白鳥が北に帰る。（方角）

⑦戻る　a．お金を溜めてから、国に戻りたいです。（元の場所に帰る）
b．あの二人、喧嘩《けんか》して別れると言っていたが、よりが戻ったらしい。（前の状態になる）

⑧近づく　汽船は港に近づくと、ボーッと汽笛で合図した。

⑨向かう　山田《やまだ》さんは車でそちらの方に向かっているから、出迎えを頼む。

⑩過ぎる　花屋を過ぎて、次の十字路を左に曲がってください。

⑪越える　峠《とうげ》を越えると海が見えた。

⑫退《しりぞ》く　一歩でも退くと負けになる。頑張れ。

⑬どく(＝のく)　どいた、どいた、神輿《みこし》が通るぞ。

⑭ずれる　マンホールのふたがずれていたのに気がつかず、足をつっこんで大けがをした。

⑮ずらす　大事な会議が入ったので、旅行の日程を一日ずらしてくれないか。

⑯外《はず》す　私が電話をかけるため席を外している間に、正夫《まさお》はいなくなった。

⑰上《あ》がる　部屋は、エレベーターで十階まで上がって、左側の突き当たりにある。

⑱登《のぼ》る　危険を冒《おか》しても山に登るわけを尋《たず》ねると、『そこに山があるから』と答えた。

⑲下《さ》がる　やっと晴天が続くようになって、野菜の値段が少し下がった。

⑳下《くだ》る　坂を早足《はやあし》で下ったので急に止まれず、下の四《よ》つ角《かど》で電柱にぶつかった。

〔三〕集合離散

1．集合・配列・接合

①寄《よ》る　a．(集合) 私たちが寄れば、話題はパソコン情報になります。

b．(接近) 車が通るから、道路の端に寄りなさい。

②集《あつ》まる　桜が咲くと、花見《はなみ》と称《しょう》して人が集まり、飲めや歌えの大騒《さわ》ぎを繰《く》り広げる。

(ある場所を目指して、複数の人や動物が来る)

③集める　予想以上の参加者を集められたのは、マスコミが取り上げてくれたからです。

④群《む》がる　公園のあちこちでは大道芸《だいどうげい》を見る人が群がっている。

⑤並ぶ
⑥重なる
⑦連《つら》なる
⑧続く
⑨接《つ》ぐ
⑩つなぐ
⑪結《むす》ぶ

2．離散《りさん》

①離《はな》れる
②離す
③散《ち》る
④散らばる
⑤別れる
⑥分かれる

〔四〕　輸送

①送る
②運ぶ

（おおぜいの人や動物が集合《しゅうごう》している状態を表す）
大相撲初場所《おおずもうはつばしょ》の入場券《にゅうじょうけん》を買うためには寒くても早起きして並びます。
一〇〇キロを越す体が二つ重なって土俵《どひょう》の下に落ちた。
前方《ぜんぽう》に連なっている山々を縦走《じゅうそう》したことがあります。
展覧会場《てんらんかいじょう》には、話題《だい》の絵を見にきた人々の長蛇《ちょうだ》の列が続いた。
折れた腕の骨を接いで完全に治すのに二か月はかかります。
平和を祝って人々は手をつなぎ、大通《おおどお》りを行進《こうしん》した。
両国《りょうこく》が和平協定《わへいきょうてい》を結ぶことが、世界の平和につながるのです。

住み慣《な》れた土地を離れるのには、かなりの決心が要《い》ります。
幼児は親が手を離すと、危《あぶ》なっかしい足取《あしど》りながらどんどん歩きだした。
ビル風であっという間に持っていた書類が散った。
散らばったゴミを片付けなさい。
家族と別れて、札幌《さっぽろ》に単身赴任《たんしんふにん》した。
説明の後、班《はん》に分かれてそれぞれの受け持ちの作業に入った。

松茸《まったけ》を宅配便《たくはいびん》で送ります。遅くなったから家まで送りましょう。
a．移植《いしょく》のための臓器は航空機で運ばれた。　（運送《うんそう》）

b．（進行《しんこう》）皆の協力のおかげで、思ったより順調にことが運んだ。

③届く

a．（到着《とうちゃく》）君の元《もと》にこの手紙が届くころ、僕は南極基地《なんきょくきち》に着いているだろう。

b．（気配《きくば》り）痒《かゆ》いところに手が届くようなきめ細かい手配に感心しました。

④届ける

あのすし屋なら、五人前くらいは注文してから二十分以内で届けてくれますよ。

⑤配《くば》る

今から試験問題を配りますが、合図《あいず》するまで書いてはいけません。

⑥積む

人気《ひとけ》のない通りでマネキン人形を積んだ車に出会《であ》ってギョッとした。

⑦降《お》ろす

箱の中身はこわれものだからそっと降ろしてくださいね。

〔五〕変化

1．増減《ぞうげん》

①増える

春になると虫退治《たいじ》や草取《くさと》りなど庭仕事が増えて、アレルギーが出やすくなる。

②減る

会社は円高《えんだか》の影響《えいきょう》で輸出が減ることを見越《みこ》して、国内向け生産に切り換えた。

算　数

1＋2＝3（1足す2は3）　5－1＝4（5引く1は4）

3×2＝6（3掛ける2は6）　9÷3＝3（9割る3は3）

合計で100になる。

③増やす

生産量を増やすには、かなりの設備投資《せつびとうし》をする必要がある。

④減らす

企業が生き残るためには、まず無駄な経費《けいひ》と業績《ぎょうせき》の悪い事業を減らすことを考えなければならない。

⑤加える　村の『過疎《かそ》化《か》防止《ぼうし》と若返《わかがえ》り』を考える会が、都会の若者を加えて開かれた。

⑥伸《の》びる　昨年度の業績は、前年度に比べてあまり伸びなかった。

⑦延《の》びる　a.（延長《えんちょう》）地下鉄が「桜《さくら》が丘《おか》」まで延びるらしい。

b.（延期《えんき》）雨のため試合は明日に延びた。

⑧広《ひろ》がる　大企業による買収《ばいしゅう》のうわさが広がったとたん、買収対象《たいしょう》の企業の株価が高騰《こうとう》した。

⑨広げる　あの会社はいろんな分野《ぶんや》に事業の手を広げている。

⑩縮《ちぢ》まる　（＝縮む。距離・時間の差・他力的な現象に使われる場合が多い）

両巨頭《りょうきょとう》の歴史的会合《かいごう》で、東西の政治的距離は驚くほど縮まった。

⑪縮む　（＝縮まる。※距離・時間の差。自力的な現象に使われる場合が多い）

セーターを洗濯機で洗ったらこんなに縮んだ。

⑫縮める　ゴール前百メートルでかなり距離を縮めたが、追いつけなかった。

⑬狭《せば》める　他人の責任にしないで、自分たちも赤字幅《あかじはば》を狭める努力をしてほしい。

⑭膨《ふく》らむ　設備投資の直後に景気沈滞が起こり始め、会社の赤字は膨らむばかりである。

⑮ふさがる　a.（閉塞《へいそく》）入口は荷物でふさがっていて、入れない。

b.（満杯）ご希望の日はあいにくお部屋はすべてふさがっております。（客が入っている）

⑯ふさぐ　やじ馬が道をふさいで消防車が入れない。

⑰空《あ》く　指定席《していせき》はいっぱいだけど、自由席が空いていたので、助かったよ。

⑱空《あ》ける　掃除《そうじ》をする間、部屋を空けてください。（スケジュール・器《うつわ》の中身にも使う）

⑲空《す》く　この（電車の）路線はラッシュアワーが過ぎると、空いています。（↔満員《まんいん》です）

⑳満《み》ちる　　会場はコンサートの始まる前から観客の熱気に満ちていた。

㉑満《み》たす　　環境と交通の面で希望を満たす家はあるが、値段が高すぎる。

㉒欠ける　　いくら頭が良くても、行動力と責任感が欠けていては立派なリーダーと言えない。

㉓欠く　　野《の》山《やま》氏の演説は説得力《せっとくりょく》を欠いていたので拍手が少なかった。

2．変形

①歪《ゆが》む　　かげろうで遠くの五重の塔がゆがんで見えた。

②傾《かたむ》く　　地盤沈下で建物が傾いた。保守派だったあの人が革新派に傾いたのはなぜか。

③崩《くず》れる　　波で砂山が崩れていく。内部争いで団結が崩れた。

④潰《つぶ》れる　　地震で家が一瞬の内にぺしゃんこに潰れた。（姿・形が変わる／原形がなくなる）

⑤壊《こわ》れる　　テレビが壊れたが、修理するより買い換えるほうが安いようだ。
（故障で機能が働かなくなる場合も含む）

3．変化

(1)　かわる・かえる

（変化《へんか》・交代《こうたい》・代替《だいたい》・交換《こうかん》と、漢字によって意味を使い分ける。意味上は代《だい》・替《たい》・換《かん》にはあまり違いはないが、基本的には、変―以前と異なる。〈例〉―変質。代―他のものの代わりとなる。〈例〉―代理。替―別の同じ価値のものを取る。〈例〉―選手交替。換―別のものととりかえる。〈例〉―換金・変換。）

①変わる　　予定が変わりましたのでお知らせいたします。時代が変わった。

②変える　漢字が多すぎて文章が硬《かた》いから、外来語を使って表現を変えてはどうですか。

③代わる　海外出張中の社長に代わって上田副社長がごあいさつします。

④替わる　この案に反対なら、これに替わる案を出してください。

⑤替える　舞踊《ぶよう》『娘道成寺《むすめどうじょうじ》』では踊手《おどりて》は何度も衣装《いしょう》を替えて踊る。

⑥換える　この機械は部品を新しいのに換えれば、まだ使えます。

(2)　その他

①固まる　海水の中でも固まるコンクリートができたそうだ。

②溶ける　真っ赤に溶けた鉄が流れ出る様子《ようす》は迫力がある。

③染まる　白い素材を色物《いろもの》といっしょにすると染まるので、別々に洗ってください。

④あせる　押し花は色があせてしまったが、摘《つ》んだ時の風景は心に鮮《あざ》やかに残っている。

⑤化ける　狐がお嫁さんに化けるという昔話《むかしばなし》があるが、現代では石油が薬に化けて日常生活に入り込んでいる。

練習問題〔四〕

一、文頭〔　〕に指示した開始・終了・開閉の動詞を（　　）の中にひらがなで入れなさい。

自・他動詞の使い分けに注意すること。

〔注〕〔終〕　日が（くれて）町に灯がともりだした。

1〔始〕　注意されて十分もしないのに、もうおしゃべりが（　　）た。

2　〔始〕祭りは明日から（　）て、三日間続きます。
3　〔始〕勉強を（　）たが、すぐ眠くなった。
4　〔始〕今までの商売《しょうばい》をやめて、ペンション経営《けいえい》を（　）ました。
5　〔終〕販売《はんばい》キャンペーンは成功裡《り》に（　）た。
6　〔終〕夜が（　）て、鳥が鳴き始めた。
7　〔終〕仕事を（　）て外に出たら、雪が降っていた。
8　〔終〕今日で私の講義《こうぎ》を（　）ます。
9　〔開〕ほとんどのデパートは十時に（　）。
10　〔開〕この花は夜に（　）ます。
11　〔開〕戸を（　）から、ちょっと待ってください。
12　〔開〕こつこつお金をためて、小さな洋品店を（　）た。
13　〔閉〕オリンピックの幕が（　）時が迫《せま》ってきました。
14　〔閉〕百年続いた店を（　）のは残念《ざんねん》ですが、時代が変わったのですから。
15　〔閉〕虫がつかないようにふたをしっかり（　）ておきましょう。

二、（　）の三つの言葉の内で、正しいものを選びなさい。

1. 夏は木や草が｛a. 伸びる　b. 伸ばす　c. 伸びている｝季節です。

2. 工場ができて、この町もすっかり様子《ようす》が{a. 変わった　b. 代えた　c. 変えた}。

3. ポーランドの政治改革《かいかく》の波は東欧諸国《とうおうしょこく》に{a. 進んだ　b. 広がった　c. 増えた}。

4. クリスマスが{a. 始まる　b. 近づく　c. 寄る}と、町中はイルミネーションで飾られる。

5. トップ同士の会談で双方《そうほう》が歩み寄り、一応交渉の山場《やまば》は{a. 過ぎた　b. 越えた　c. 通った}。

三、「行く」「来る」のどちらかを適切な形で（　）の中に入れなさい。

1. 君がまだそちらにいるなら、ぼくが（　）。
2. 明日私の家に（　）ませんか。
3. アダムス氏がここに（　）日、私はサンチャゴに（　）なければならない。
4. 夏が（　）ら、みんなで泳ぎに（　）ましょう。
5 あちらは暑いから、（　）たくありません。

四、「増・減」の動詞を（　）の中に適切な形にして入れなさい。

1. 自動車は毎年（　　）、再び道路周辺《しゅうへん》の空気汚染《おせん》が深刻《しんこく》になってきた。
2. 生産量を（　　）には、かなりの設備投資《せつびとうし》をする必要があります。
3. がんの恐れから喫煙者《きつえんしゃ》が（　　）いる。
4. 企業が生き残るには、まずむだな経費《けいひ》を（　　）ことが考えられる。
5. 毎月赤字でいっこうに貯金が（　　）。

五、「変・代・換・替・化」の動詞の中から、もっとも適切なものを（　）の中に入れなさい。

1. 意見や態度《たいど》をくるくる（　　）人を「カメレオン」のようだと言う。
2. 持っていた外貨を日本円に（　　）たら、一万円にしかならなかった。
3. 山《やま》の手《て》線のどの駅で運転手が（　　）のか知っていますか。
4. 日本には鶴《つる》が女に（　　）という民話がある。
5. 父が病気《びょうき》のため、私が（　　）ってお話をうかがいます。

六、（　）のa・bの内適当な動詞を選び、正しい形にして書き入れなさい。

1. 稲刈《いねか》りを手伝うため、両親の家に兄弟が　1（　　）た。｛a. 集まる　b. 寄る｝
稲田《いなだ》には雀《すずめ》が　2（　　）て、実《みの》った米をついばんでいる。｛a. 鳴く　b. 群がる｝

雀を追い払《はら》うために鈴《すず》を　3（　）ひもを引いても、{a. つなぐ　b. 集める}

音がやむとすぐ鳥たちは　4（　）てくる。{a. 離れる　b. 集まる}

稲《いね》刈《かり》機《き》で刈り取り、束《たば》ねた稲《いね》を竿《さお》に　5（　）て干す。{a. 並べる　b. 分ける}

無事作業を終えた兄弟たちはそれぞれの家庭に　6（　）ていった。{a. 戻る　b. 寄る}

2. 講習を終えたセールスマンたちはそれぞれの担当地域に　7（　）ていく。{a. 離れる　b. 散らばる}

3. 単身赴任《たんしんふにん》の次郎《じろう》は、帰りに飲み屋に　8（　）日が続いている。{a. 集まる　b. 寄る}

七、a～cの中からあう言葉を選んで、適切な形にして（　）に入れなさい。

1. 夜　1（　）て、朝になると　2（　）花がある。
   1. a. しぼむ　b. 閉める　c. 閉じる
   2. a. 開（あ）ける　b. 開（あ）く　c. 開（ひら）く。

2. 夕方から飲み始めて夜が　3（　）までにボトル二本を　4（　）てしまった。
   3. a. 明ける　b. 終わる　c. 暮れる
   4. a. 減らす　b. 空ける　c. 終わる

3. 予定日までに建設工事を　5（　）て契約を　6（　）ことができました。

5. a. 果たす　b. 終了する　c. 完了する

6. a. 果たす　b. 終了する　c. 完了する

4. 7（　）た荷物は大事なものだから、目の　8（　）ところに置いてください。

7. a. 行く　b. 届く　c. 送る

8. a. 届く　b. 行く　c. 配る

5. 新幹線が東北《とうほく》から九州《きゅうしゅう》まで　9（　）たおかげで、青森《あおもり》から長崎《ながさき》までの時間的距離《きょり》は半分以下に　10（　）た。

9. a. 伸びる　b. 延びる　c. 広がる

10. a. 縮む　b. 縮まる　c. 延びる

八、Aグループは、「移動」と「変形」の表現が比喩《ひゆ》的に使われている例です。その各文の意味に合う文をBグループから選び（　）に入れなさい。

A. 1. 一瞬女の顔がゆがんだ。（　）

2. 話のピントがずれている。（　）

3. 相次《あいつ》ぐ災難《さいなん》で家運が傾いた。（　）

4. 「うらぎりだ。私の顔をつぶした」とかんかんに怒った。（　）

5. 父の会社の倒産で縁談も壊れた。（　）

B. a. 不況の波を受けて、会社は経営《けいえい》不振《ふしん》におちいった。

b. この提案は会議の本題から外れている。
c. 紹介してくださった方の面目《めんぼく》をなくすようなことをしてはいけないよ。
d. 友人の見舞いに行ったら、奥さんが泣き出しそうになって、私もつらかった。
e. 取引の話が戦争のためだめになった。

第五章　知的活動―考察・計画から整理までの思考過程

〔一〕　思考―断定を避けた判断や意見の表現

①思う

（内省・判断・意見）（「考える」に対して直感・情感から起こる心の動き）
a. （判断）あなたの判断は正しいと思います。
b. （推量）親善使節の一行はもう京都に着いていると思います。
c. （配慮《はいりょ》）子どもたちの将来を思えば、都市化より環境保護の方が大切です。
d. （期待）思うほどには仕事が進まず、締切《しめきり》に間《ま》に合わなかった。
e. （策略《さくりゃく》）妻の思うつぼにはまって、ヨーロッパ旅行をすることになった。
（「思うつぼにはまる」＝策略にかかる）

②考える

（「思う」よりも理性的・理論的。話者の判断をはっきり出す）
a. （考察《こうさつ》）暮らしの中での健康について考える「健康展」を開催します。
b. （可能性を示す）この提案には、いくつかの問題が考えられます。

③覚える

昔の友人に出くわしたが、顔は覚えていても名前が思い出せなくて困った。

④忘れる

息子は、宿題は忘れても、お弁当と運動着《うんどうぎ》を持っていくのは忘れない。

〔二〕認識・判断・確認

①知る（知識を持つこと。理解していること。第一章を参照）

a．リーさんは漢字をよく知っています。

（口語体の現在肯定文では～テイル形を使う）

b．イワンの頭の良さといったら、まさに『一《いち》を聞いて十《じゅう》を知る』だ。

c．北島《きたじま》氏は、知る人ぞ知る時計の収《しゅう》集《しゅう》家《か》です。（一部の人の間では有名）

②分かる

a．（理解）私には酒のうまさは分からない。

b．（解明）この漢字は意味が分かるが、読みかたが分からない。

c．（判明《はんめい》）君の話から、彼女が怒ったわけが分かったよ。

d．（判断）彼が（＝を）好きかどうかまだ分からないの。

e．（識別《しきべつ》）三〇メートル先に道路標識のあるのが分かりますか。

③通《つう》じる

a．（通用《つうよう》）ここでは日本語はまったく通じませんよ。

b．（精通《せいつう》）その国の社会事情に通じた人に相談しよう。

④存じる（謙譲語）

a．（知る）あなたが納豆をお好きだとは存じませんでした。

〔注〕「ご存じです」は尊敬表現。例―先生はその留学生の問題をよくご存じです。

b．（推察）みなさまお元気のことと存じます。

⑤疑《うたが》う　情報源《じょうほうげん》から見て、その話が本当に信頼できるのか疑いますね。

⑥比べる　黒い円と白い円と比べて、どちらが大きく見えますか。

⑦違う　池田《いけだ》さんと川井《かわい》さんの意見が違って、今日は結論が出なかった。

⑧認《みと》める　a．(認知) 私がまちがっていたことを認めます。

b．(許可) 今まで簡単に認められなかった外国旅行が期間付きで可能になった。

⑨わきまえる　(正しく理解してふるまう)

行ったところの風習や道理をわきまえて行動すれば、摩擦《まさつ》は避けられる。

⑩調べる　日本の民話《みんわ》に出てくる動物について調べています。(調査)

⑪確かめる　計算が合っているかどうか、確かめてください。

⑫信じる　田中さんは一切が信じられなくなり、夜ごと酒でうさをまぎらわしている。

⑬信頼する　私は社長を信頼して、二十年間この会社で働いてきました。

〔三〕予測・推測

①察《さっ》する　察するところ、この事件は複雑《ふくざつ》な女性関係がからんで起こったと思える。

〔注〕(丁寧《ていねい》表現 (同情) 災害でお困りのこととお察しします／お察しいたします。)

②予想する　金融引き締めにより特に中小企業の倒産の増加が予想される。

(「予測」に対して概念的)

③予測する　世界の動きが複雑に影響する金融界の動向を予測するのは難しい。

(統計資料などに基づく)

〔四〕計画

①図《はか》る　当社は日本市場への進出を図っている。

(目標を立てる) (「謀《はか》る」—悪い計画)

②企《くわだ》てる　相手が陰謀を企てても、我々の情報網がすぐつかんで潰《つぶ》す。新事業を企てる。

③もくろむ　甲社は事業拡張のために、乙社の買収をもくろんでいる。（隠して計画する）

〔五〕　選択・決定

①選ぶ　この中からどれでもあなたの好きなものを選びなさい。

②決まる　大統領は明日の選挙で決まる。

③決める　イギリスに留学することに決めました。一度決めたら、もう変えないでください。

④決心する　漢字が二千字書けるようになろうと決心した。

⑤分かれる　模擬討論会《もぎとうろんかい》では、個人の意見に関係なく賛成派《さんせいは》と反対派《はんたいは》に分かれて討論《とうろん》します。

⑥迷う　私はハムレットのようにいつも迷って、物事《ものごと》が決められずに悩んでいる。

〔六〕　整理・結果

①まとまる　長引《ながび》いていた交渉がやっとまとまって、来月早々契約を結ぶ。

②まとめる　a.（整理統合《せいりとうごう》）来週中に論文の要旨をまとめて、提出しなさい。

b.（荷造《にづく》り）荷物をまとめて、いつでも出発できるようにしておいた。

③収める　この混乱《こんらん》を収められる人物は常盤《ときわ》さんをおいてほかにいない。

④整《ととの》える　（きちんとあるいは組織的にまとめる）

プロジェクトを実施するには、まず各自の企画案を整えねばならない。

⑤解《と》く　生態のメカニズムを解けば、研究はほぼ成功したといえる。

練習問題〔五〕

一 「思う」と「考える」の違いに注意して、どちらかを適切な形にして（　）に入れなさい。

1. 私はこの論文はよくできていると（　）。
2. 論文のテーマを（　）いたら、いつのまにか眠ってしまった。
3. 航空会社《こうくうがいしゃ》の代表《だいひょう》は『ご遺族《いぞく》のことを（　）と、とても心苦しく（　）ます』と語った。
4. 技術《ぎじゅつ》指導のためにアフリカへ行くことを（　）います。
5. 環境保護の対策《たいさく》を（　）だけではだめです。今すぐ実行しなくてはならないと（　）ます。
6. この提案《ていあん》にはいくつかの問題が（　）られます。
7. 中東《ちゅうとう》を旅して古代オリエント文明《ぶんめい》の偉大《いだい》さを実感《じっかん》してみたいと（　）ます。

二 a、bのいずれか、適切なほうを選びなさい。

1. 自分の立場《たちば》をよく（a．わきまえて　b．分かって）強引《ごういん》な主張は控《ひか》えなさい。
2. 悪童共《あくどうども》が珍《めずら》しく静《しず》かだ。きっと何かいたずらを（a．決めて　b．もくろんで）いるんだろう。
3. 小さい子と病人を抱え、たちまち生活に困ることを（a．察して　b．予想して）やって、彼を解雇のリストから外しましょう。
4. 『とっさのことで、あれ以外の方法は考えつかなかったんです。』『よく（a．知って　b．わかり）ます。』

5. 地域社会の文化振興を（a. 図る b. 企てる）には、企業の積極的な支援が重要なのだ。

三、次の文章の中の傍線を引いた動詞を可能形にして（ ）の中に書き入れなさい。
〔例〕 行く→行ける（可能形にできないものには×を入れなさい）

1. 原因はどんな方法で調べますか。（ ）
2. 地球の反対側で起きたことを同時に知る時代になった。（ ）
3. そのような要求は認めません。（ ）
4. 娘の縁談がまとまって二月に式を挙げることになった。（ ）
5. 本当のことを思ってくださるのなら、黙って行かせてください。（ ）
6. この問題を解いた人は百万円の賞金がもらえます。（ ）
7. 今月中に報告書をまとめれば、五月には出版できるでしょう。（ ）
8. この狭い部屋に荷物が全部収まるか心配だ。（ ）
9. あの人はロンドン生活が長かったから英語が分かるはずです。（ ）

四、「知る」と「分かる」のいずれかを適切な形にして文章を完成させなさい。

1. あなたから話を聞いて、だんだん問題の重要性が（ ）てきました。
2. 虫を飼ってみて、はじめて虫の生態が（ ）ました。
3. 誠《まこと》くんがA大学に合格したのを（ ）ていますか。
4. その隣の看板の字が（ ）ますか。
5. 人と付き合うには、相手の趣味を（ ）ことも大切だ。

五、a、bの中から適したものを選びなさい。
1. 彼の電話番号はすぐ（a. 覚えた　b. 見えた　c. 覚えている）わ。
2. 戦争は（a. 忘れなかった　b. 忘れることがない　c. 忘れられない）体験です。
3. その歌詞は昔は（a. 覚えている　b. 覚えていた　c. 覚えられた）けれど、今はすっかり忘れた。
4. 来るときは必ずお土産を（a. 忘れない　b. 忘れられない　c. 覚えている）でね。
5. 安達《あだち》さんはコンピュータの使いかたを一時間で（a. 覚えられた　b. 覚えている　c. 忘れている）。

六、傍線の動詞が自動詞ならば他動詞に、他動詞なら自動詞に変えて（　　）の中に書き入れなさい。必要ならば、格助詞を変えなさい。
〔例〕この窓は開きますか。（自）——～は開けられますか。（他）（可能形）
1. この競技は国別に分けて行います。（　　　）
2. 新学期のクラス分けが決まりました。（　　　）
3. いつまでに提案をまとめられますか。（　　　）
4. まだ設備が整わないのは、予算が足りないためだ。（　　　）
5. 争いを収めるのに二年かかった。（　　　）

七、傍線の言葉と同じあるいは一番近い意味の動詞をa～cの中から選びなさい。

1. 国際金融に詳しい人を紹介してください。
(a. 知っている　b. 分かっている　c. 通じている)

2. 戸川《とがわ》さんが行きかたをご存じです。
(a. 知っています　b. 知っておられます　c. 察しておられます)

3. ワシントン条約以後、孔雀《くじゃく》の羽を売買《ばいばい》することは許されません。
(a. 断ります　b. 認めたくありません　c. 認められません)

4. 酸性雨《さんせいう》を変えて自然を守る構想が立てられている。
(a. 企てられている　b. もくろんでいる　c. 決まっている)

5. しかえしをひそかに企てているようだから、用心しなさい。
(a. 準備して　b. もくろんで　c. 立てて)

八、a、bの内、適切なほうを選びなさい。

1. 私は植村《うえむら》さんが生きていると(a. 信頼して　b. 信じて)います。
2. 一人の研究者が大洪水を(a. 予想し　b. 予測し)ていたが、誰も信じなかった。
3. 予約が入っていることを、ホテルに(a. 確かめて　b. 認めて)ください。
4. あなたなら次の首相はだれがなると(a. 予測し　b. 予想し)ますか。
5. 老人も若者もいきいきと生活できる地域作りを(a. 図って　b. 企てて)いきたい。

第六章　自然

日本人は長い間自然とともに暮らして来たので、自然に関する表現は実に豊かである。天気に関する語や一年・一日の時間の経過などは微妙《びみょう》な表現が多く、その大半は名詞である。動詞は「名詞＋ニ（ト）＋なる」を用いる。

「どしゃ降りになる。」「夕暮れ時になると…」「桜が満開となる。」「嵐になる。」

慣用句には自然物を使った表現が多く、「花をもたせる＝相手を立てる」「水に流す＝嫌なことや都合の悪いことを全てなかったことにする」などがある。

〔一〕天地（全て自動詞である）

1．天候

①晴れる　東京の冬は晴れる日が多い。（名詞形は晴れ）

②曇《くも》る　朝は曇っていますが午後から雨が降るそうです。（名詞形は曇り）

③照る　農作物は日の照る時間が短いと、できが悪い。

④差す　冬になると部屋の中まで、日が差す。

〔注〕太陽の光に関して、「照る」は光が出ていることに重点がある。「差す」は光が出ていく方向に重点があり、「当たる」は光の到達点に重点がある。（32頁参照）

⑤降る　雪が降ると音を吸収《きゅうしゅう》するので、とても静かになる。

〔注〕雨・雪・あられ・みぞれ・塵《ちり》・紙吹雪・灰など上から落ちてくる細かいものについて用

いる。

⑥吹く　早春に強い南風が吹くと、春一番《はるいちばん》が吹いたという。

⑦積もる　朝から降りだした雪が、もう十センチも積もった。（雪・ちり・灰などに用いる。）

⑧止《や》む　雨もうやんだ？　いいえ、まだ霧雨《きりさめ》が降っています。

⑨くずれる　週末は天気がくずれるでしょう。（天気が悪くなる。）

⑩もつ　この晴天は、四・五日もつでしょう。（よい天気が続く。＊悪天候がもつ。）

2．自然現象

①荒れる　台風が近づいて来たから、海は荒れるでしょう。

②凍《こお》る　冬になるとこの湖は凍るので、スケートができます。（液体が氷になる）

③張《は》る　今朝は寒いと思ったら、庭の池に氷が張っていた。（表面をおおう）

④溶《と》ける　北国では雪も溶けて、いっせいに花が咲き乱れる。（↕凍る）

⑤流れる　淀川《よどがわ》は琵琶湖《びわこ》から大阪湾《おおさかわん》に流れています。（風・雲などの動きも表す）

⑥あふれる　大雨が降るとこの川はすぐあふれる。（いっぱいになって外にこぼれる。）

⑦寄せる　大波が寄せてきて、岩にくだける様子は迫力《はくりょく》がある。（岸のほうに来る波）

⑧返す　寄せては返す波は、いつまで見ていてもあきない。

⑨満ちる　潮《しお》が満ちてくると、沖の岩は海の中に隠《かく》れてしまう。月が満ちる。（＝満月）

⑩引く　潮が引くと汐溜《しおだま》りに、いろんな生物が見られる。（＝干潮《かんちょう》）

⑪欠《か》ける　毎日眺《なが》めていると、日ごとに月が欠けるのがよく分かる。

⑫それる　大型の台風が東にそれたので、みんなほっとした。（他の方向に行くこと）

3. 一日

①明ける　山頂で夜が明けるころ、ご来光を待つ。

②暮れる　a.（一日が終わる）日が暮れないうちに山を下りましょう。

b.（一年が終わる）今年もあっという間に暮れようとしている。

（年・日には使うが、月・週には使わない。）

③更《ふ》ける　大晦日《おおみそか》の夜が更けると、人々は初詣《はつもう》でに出かける。（夜が深くなること）

④昇る　水平線のかなたから朝日が昇る。（日が出る・日が上る）

⑤沈む　日が沈むとき、西の空が赤くなることを夕焼けと言う。（＊日が下《さが》る）

〔二〕生物

1. 植物

①植える　明治神宮《めいじじんぐう》に全国から集められた木を植えた。

②まく　お彼岸《ひがん》が過ぎたら、花の種をまくとよい。

③作る　庭の隅《すみ》を家庭菜園《さいえん》にして、トマトやなすを作ろう。

④育てる　杉の苗木《なえぎ》を育てて、山に植える。杉の木は年月をかけて育っていく。

⑤咲く　桜の花が咲くころの鯛《たい》はうまいので、桜鯛と言われる。

⑥生《は》える　あの寺には古い、みごとな枝振《えだぶ》りの松が生えている。こけ・かびが生える。

〔注〕木・草・竹・しだ・きのこなどの植物やその根が現れ出ること。）

⑦茂る　庭の松が青々と茂っている。（植物が元気よく育っている様子を表す。）

⑧散る　桜の花が風に散る様子を、桜吹雪《ふぶき》と言う。

⑨枯れる　植木鉢の花に水をやるのを忘れたら、枯れてしまった。

⑩しおれる　床の間に生《い》けていた花がしおれたので、取り替えます。（花・葉・茎の水分がなくなって元気がない様子）

⑪しなびる　なすはしなびるとまずいから、早く食べましょう。（野菜・果物などが時間がたつとともに、水分がなくなること）

2．動物

①飼《か》う　子供たちが世話をするという約束で、犬を飼うことにした。

②やる　雨の日も散歩をして、えさもきちんとやるという約束だ。

③つかまえる　逃げた小鳥をつかまえようと、木に登った。

④ねらう　へびがかごの中の小鳥をねらっている。

⑤しつける　犬に「おすわり！」をしつけた。（行儀《ぎょうぎ》作法《さほう》を教える）

⑥育つ　つばめのひなが元気に育って、もうすぐ飛び立つでしょう。

⑦鳴く　野原でひばりが鳴いていた。（鳥や鹿《しか》・牛・猫などのやさしい動物の声）

⑧ほえる　隣の犬はよくほえる。（猛獣《もうじゅう》などの恐《おそ》ろしそうな声）

⑨慣れる　神社の鳩《はと》は人間によく慣れている。（警戒《けいかい》をしない）

⑩かえる　卵がかえってひよこが出てくる。せみ・とんぼ・ちょうがかえる。

⑪わく　床下《ゆかした》から羽蟻《はあり》がわきだしたから白蟻《しろあり》がいるんだ。うじがわく。（＝発生）

⑫生《は》える　鹿《しか》の角《つの》が生えてきた。（動物の牙《きば》・歯《は》・爪《つめ》・毛が現れ出ること。）

練習問題〔六〕

一、次にあげる動詞の中から適切なものを選んで（　）に入れなさい。

A. 降る・降り・積もる・くずれる・止んだ・晴れた

1. 明日は雨という天気予報が外れて、（　）。
2. 今日は遠足だというのに、いまにも雨が（　）そうだ。
3. だんだん雪がひどくなってきた。今夜は相当（　）だろう。
4. 四、五日降り続いた雨が（　）ので、どこの家も洗濯物を干《ほ》すのにいそがしい。
5. 梅雨前線《ばいうぜんせん》が張《は》り出してきたので、明日から天気は（　）でしょう。
6. 鹿児島《かごしま》は桜島《さくらじま》の火山灰《かざんばい》が絶えず（　）ので、そのほこりにいつも悩《なや》まされる。

B. 引く・暮れる・更《ふ》けて・当たる・荒れる・吹く

7. 京都では、冬になると「比叡《ひえい》おろし」という強い風が山から（　）。
8. 果物はよく日が（　）ところで、なったものが甘くておいしい。
9. 潮が（　）ときに人は死ぬといわれている。
10. 夜が（　）も、六本木は人が多い。
11. 千九百九十九年の大晦日《おおみそか》はどのように（　）のか、考えると楽しい。
12. 台風の接近で海が（　）ので、遊覧船《ゆうらんせん》は欠航となります。

二、次の文を他の動詞を使って、反対の意味にしなさい。

1. 風が吹く。
2. 氷が張《は》る。
3. 寄せる波。
4. 月が満《み》ちる。
5. 潮《しお》が満ちる。
6. 日が昇る。
7. 夜が明ける。

三、（　）の中に、次にあげる動詞の中から適切なものを選んで入れなさい。

生える・育つ・茂る・まいた・散る・咲かせる・しなびて・落ちた

1. 秋になるとあちこちで菊の展覧会《てんらんかい》が開かれるが、みごとな花を（　）人が多い。
2. 浅間山《あさまやま》から草津《くさつ》にかけての嬬恋高原《つまこいこうげん》ではキャベツがよく（　）。
3. 嵯峨野《さがの》にある落柿舎《らくししゃ》は、ある年庭の柿《かき》の実《み》が全部（　）のでその名がつけられた。
4. 梅雨《つゆ》どきは風呂場《ふろば》や押《お》し入れにかびが（　）。
5. 土地は放っておくと、すぐ雑草《ざっそう》が（　）。
6. キンモクセイの花が（　）と、地面《じめん》は一面黄金色《いちめんおうごんいろ》になる。
7. 庭にポピーの種《たね》を（　）。
8. このオレンジは長い間おいていたので、（　）しまった。

四、（　）の中に、次にあげる動詞の中から適切なものを選んで入れなさい。

育てる・かえる・ほえる・生える・やる・つかまえる・飼って・鳴く

1. 私の祖父母《そふぼ》は那須《なす》で乳牛《にゅうぎゅう》を（　）います。
2. かえるのたまごが（　）とおたまじゃくしになる。
3. 子犬は新しい歯が（　）とき、靴《くつ》や戸をかじる。
4. 犬が猫の子を（　）こともある。
5. うなぎはぬるぬるしていて、（　）のが難《むずか》しい。
6. 狼《おおかみ》が（　）のを聞いた。
7. 鶏《にわとり》はコケコッコーと（　）。
8. 魚はものを言わないから、えさを（　）のを忘れないで！

第七章　総合問題

一、次の文にもっともふさわしい語を（　）から選んで○をつけなさい。

1. 東京湾《わん》に海底《かいてい》トンネルを（する・抜ける・通す）。
2. Yシャツにアイロンを（する・かける・できる）。
3. レポートは番号をつけて、ホッチキスで（留める・はさむ・できる）。
4. 日本のドライバーはあまりクラクションを（し・押さ・鳴らさ）ない。
5. トラベラーズチェックには、必ずサインを（して・書いて・つけて）ください。
6. すみませんが、カメラのシャッターを（して・押して・切って）くださいませんか。

7. 太郎《たろう》は期末《きまつ》テストでカンニングを（して・見て・書いて）しかられた。
8. 章《あきら》さんは純子《じゅんこ》さんにプロポーズを（し・なっ・言っ）た。
9. ホテルの予約をキャンセル（する・なる・かける）。
10. この書類をチェック（して・見て・できて）ください。
11. この先にはガソリンスタンドがないので、ここでガソリンを（し・つけ・入れ）よう。
12. 明日の朝レントゲンを（し・かけ・とり）ます。
13. 太郎君は入学試験に失敗してショックを（し・なっ・受け）た。
14. 目を閉じて片足で立ってバランスを（する・かけ・とる）のは難しい。

二 〔　〕の中の動詞からあうものを選び、適切な形にして（　）に入れなさい。

A 〔当たる　かかる　かける　する　出す　できる　取る　なる　入る　留まる〕

1. 百万円も（　）コートを平気《へいき》で買う若い女性がいる。
2. 若いのに高給を（　）いるから、何不自由ない暮らしを（　）ている。
3. 貯金がやっと五十万円に（　）た。
4. 十年間でやっと三百万円が（　）ました。
5. 宝くじで二千万円（　）そうだから、買おうかな。
6. みごとな庭だ。金を（　）だけのことはある。
7. 子どもたちがこづかいの一部を（　）母に帽子《ぼうし》を贈りました。
8. あの人がはめている指輪《ゆびわ》は、おそらく二百万円は（　）ますよ。
9. 奨学金《しょうがくきん》がもらえるので、今学期から楽《らく》に（　）ます。

10. お米にまで三パーセントの消費税が（　　）る。

B 〔合う　上げる　抱える　かかる　かける〕

1. 真の友好《ゆうこう》関係は、年月を（　　）理解を深め、誠意《せいい》をもって築《きず》いていく以外にない。
2. 水深《すいしん》に比例《ひれい》して水圧が（　　）から、ゆっくり降りていくよう、注意しよう。
3. みんなが踊り出した。中には全然リズムに（　　）ていない人もいた。
4. 重いものを持って急に腰を（　　）と、ギックリ腰になりますよ。
5. 彼はのんきに見えるが、今大変な問題を（　　）ている。

C 〔切る　下がる　する　取る　つく　なる〕

1. 治療の経過が良いので、十日も（　　）ば退院できるでしょう。
2. 後半戦《こうはんせん》で初めてゴールを決めてから勢《いきお》いが（　　）て、三点取って勝った。
3. とうとう一〇〇メートルで十秒を（　　）走者《そうしゃ》が出てきた。
4. 子どもの熱がいっこうに（　　）ないので、病院に連れていった。
5. 眼鏡《めがね》なしには本が読めない。年を（　　）ものだ。

三、次の文にもっともふさわしい語をa～cから選びなさい。

1. パンクしたのか、タイヤの空気が（a．取れ　b．切れ　c．抜け）た。
2. 卒業生名簿《めいぼ》に君の名前が（a．抜けて　b．切れて　c．取れて）いる。
3. 畑からパセリを（a．折って　b．取って　c．抜いて）きてください。

4. 畑から大根《だいこん》を（a. 切って　b. 取れて　c. 抜いて）きてください。
5. 庭の菊《きく》の花を（a. 引いて　b. 切って　c. 抜いて）きてください。
6. 天ぷらは油をよく（a. 切って　b. つけて　c. 抜いて）食卓《しょくたく》に出す。
7. 今年はたまねぎがたくさん（a. 出　b. とっ　c. とれ）た。
8. 庭の柿《かき》の木に実が（a. 取れた　b. なった　c. できた）。
9. わかめは水につけて塩分を（a. 抜く　b. 取る　c. 引く）。
10. ボタンが（a. 抜けて　b. 取れて　c. 外れて）いるから、きちんととめなさい。

四、次の文の（　）に「ある」「いる」「持つ」を適切な形にして入れなさい。

1. 遊ぶ暇《ひま》が（　）たら、掃除《そうじ》をしなさい。
2. 子どもを（　）と苦労も多い。
3. サンタさんは本当に（　）と思う?
4. 漢字のまちがいが（　）ば直してください。
5. 一《はじめ》君は百円（　）、コーラを買いに行った。
6. 二千円（　）ばタクシーで帰れる。
7. もし父が（　）たら、助けてくれたでしょう。
8. もし何かあれば、わたしが責任を（　）ます。
9. 魚の（　）そうな場所を知ってるよ。
10. きのう、友達から電話が（　）。
11. 君にはガールフレンドが（　）の?

12. もしぼくが魔法《まほう》の杖《つえ》を（　　）いたら、何でも出してあげるよ。
13. 廊下《ろうか》の突《つ》き当たりに警備員室《けいびいんしつ》が（　　）ます。
14. 迎《むか》えの車は、どの辺《あた》りに（　　）ますか。
15. この金は訳《わけ》が（　　）、使えない。

五、示した単語を使って文を完成させなさい。動詞は〔　〕に指示した形を使うこと。

例：問題―あの人　頼む〔仮定〕　助ける　くれる〔推量〕

答―　あの人に頼めば助けてくれるでしょう。

1. モランさん　会う　よろしく　言う〔依頼〕
2. 彼　初めて　会う　ときから　気が合う〔テ形〕　親友になる〔過去〕
3. 『山田さんという人　今日　来る〔過去〕　知る〔疑問〕』
『いいえ、知る〔否定〕』
4. パーティに　だれ　呼ぶ　良い　思う〔疑問・マス形〕
5. この仕事　断る〔仮定〕この後　仕事　入る〔否定・推量〕
6. 大事な情報　課長　伝える〔否定・過去〕ので　とがめる〔過去・受身〕
7. 会う　間もなく　彼女は　私　家　招く〔テ形〕　両親（彼女の）に紹介する〔過去〕
8. 伯父を頼る　アメリカ　行く〔現在・マス形〕
9. 祖父　年金に頼る〔テ形〕　暮らす〔現在〕
10. あの人を　お金で　助ける〔意志〕するが〔過去〕断る〔受身・過去〕

六、次の文の（　）に「行く」「来る」を適切な形にして入れなさい。

1. 来年香港《ホンコン》に（　）途中《とちゅう》、日本に寄ります。（話者はカナダにいる。）
2. 日本に（　）前は、インドにいました。（話者は日本にいる。）
3. 忘年会のあと銀座のバーに（a.　）、それからここに（b.　）ました。
4. 今日は会社に一度（a.　）あと、幕張《まくはり》の展示会場《てんじかいじょう》に（b.　）ます。（話者は家にいる）
5. ピアノのおけいこに（a.　）から、塾《じゅく》に（b.　）。（話者は塾にいる。）
6. 学校が終わったらぼくの家に（a.　）ないか。うん（b.　）もいいよ。
7. 今日はラグビーの練習に（a.　）から、君も（b.　）よ。（話者は家にいる。）
8. ようやくバスが（a.　）。バスはもう（b.　）しまった。
9. お嬢《じょう》さんお嫁《よめ》に（a.　）の？　いいえお婿《むこ》さんが（b.　）ます。
10. 啓介《けいすけ》は三十分待っても（a.　）ないから、先に（b.　）こう。
11. ぼくの家に（a.　）のなら、電話をしてから（b.　）くれ。
12. ラジオによると、明日は九州に台風が（　）そうだ。（話者は九州にいる。）
13. 今日はどこに（　）の？
14. 孫《まご》たちがお正月に（　）のでごちそうを作ろう。
15. お子さんがけがをしたので、すぐ学校に（　）ください。（学校からの電話。）

七、話している人はどこにいるのでしょう。正しいものに○をつけなさい。

1. 来年四月に日本に行きます。　a. 日本　b. 外国　c. どちらでもよい

2．妹は来年四月に日本に来ます。　a．日本　b．外国　c．どちらでもよい
3．昨日学校に行きました。　a．学校　b．家　c どちらでもよい
4．昨日学校に来ました。　a．学校　b．家　c．その他

八、自動詞・他動詞の活用語尾の違いに気をつけて（　）を埋めなさい。
例：正月休みの期間には、どの新幹線の車両も満員の乗客を乗（せて）いる。
1．漢字の練習を始（　）います。
2．きのうから期末テストが始（　）た。
3．塔が傾（　）いるのは地盤沈下《じばんちんか》のためです。
4．子どもの訴えに真剣《しんけん》に耳を傾（　）やるべきだった。
5．たしかに狐《きつね》の鳴き声が聞（　）るよ。君は聞（　）たことがないかい。
6 明日十時、ラジオの『留学生トーク』に出ます。ぜひ聴（　）ください。
7．市（注）はこの辺りに道路を通（　）計画を立てている。（注　市役所を指す）
8．夜この道を通（　）のが怖くていつも回り道をします。
9．三十年のサラリーマン生活を終（　）て、今は陶芸に打ち込んでいます。
10．夏が終（　）て、海辺はひっそりしている。

九、次の（　）に適切な形の動詞を入れなさい。（自動詞が可能形と同じもの・他動詞が使役形と同じものは省いた。）
（一）　読む

1. (他動詞)　毎朝新聞を（　　　　）。
2. (受身)　わたしの日記を友だちに（　　　　）た。
3. (可能)　日本語の新聞が（　　　　）。
4. (使役)　毎朝必ず新聞を（　　　　）。
5. (受身の使役)　毎朝必ず新聞を（　　　　）。
6. (受身の使役)の短縮形（　　　　）。

(二)　飛ぶ

1. (自動詞)　つばめが空を（　　　　）。
2. (他動詞)　子どもが紙飛行機を（　　　　）。
3. (受身)　帽子が風に（　　　　）だ。
4. (可能)　ジョンソンさんはさくらんぼの種を遠くに（　　　　）。
5. (使役)　航空会社に臨時便を（　　　　）。
6. (受身の使役)　台風が近づいているのに、客の要望でヘリコプターを（　　　　）。

(三)　聞く

1. (他動詞)　うぐいすの鳴き声を（　　　　）。
2. (受身)　友だちからの電話を全部（　　　　）ていた。
3. (可能)　忘れ物が届けられたかどうか電話で（　　　　）ますよ。
　電話が遠いのですがこちらの声が（　　　　）ますか。

4. (使役)　お年寄りの戦争体験を子どもたちに（　　　　）たい。
5. (受身の使役)　友だちののろけ話をさんざん（　　　　）。
(受身の使役) の短縮形　（　　　　）。

(四) 来る
1. (自動詞)　学生が図書館に（　　）。
2. (他動詞)　学生を学校に（　　）。
3. (受身)　いやな客に（　　）。
4. (可能)　明日八時までに学校に（　　）人は来てください。
5. (使役)　明日八時までに生徒を学校に（　　）てください。

(五) する
1. (自動詞)　社員がよく仕事を（　　）。
2. (受身)　いじわるを（　　）た。
3. (可能)　ビリーは仕事がよく（　　）。
4. (使役)　あの秘書に仕事を（　　）たら、完璧ですよ。

十、次の——線の動詞が他動詞か使役形か可能形か受身形かを書きなさい。
1. 大きな家具を動かす。（　）
2. 中国語が話せる人を募集します。（　）

3. 鐘を鳴らす。（　）
4. 子どもたちを椅子に座らせる。（　）
5. 念力でスプーンを曲げる。（　）
6. 念力でスプーンを曲げられる。（　）
7. 川で溺れそうになったが、そばの人に助けられた。（　）
8. 早く気がついていれば、おぼれている子どもを助けられたのだが。（　）
9. 太郎は漫画の本をいつも弟に買わせる。（　）
10. 幼いころ父に死なれた。（　）

十一、『食事』あるいは『食べ物』に関しての話題です。a～cから適切な動詞を選びなさい。

1. 今夜一緒に食事を（a. 食べ　b. あり　c. し）ませんか。
2. 一回くらい食事を（a. し　b. 抜い　c. やっ　）たって減量《げんりょう》にはならないよ。
3. むしろ朝昼晩にきちんと食事を（a. 切　b. 抜い　c. 取っ）て、食べ過ぎない、飲みすぎないようにするほうが効果的だ。
4. だいたい六時から晩ごはんのしたくを（a. なり　b. 始め　c. でき）ます。
5. 動物に食べ物を（a. やら　b. し　c. 出さ）ないでください。
6. 『お食事は五時からと（a. し　b. なっ　c. でき）ております』
『今なら何が（a. し　b. なり　c. でき）ますか』『サンドイッチでしたら……』
7. 生活費の中で食べ物に（a. かかる　b. 取る　c. つける）費用の割合を出してください。
8. 宿泊代は夕食と朝食が（a. たっ　b. 付い　c. 食べ）て、七千円です。

9. いくら豪華《ごうか》な食事に（a. され　b. 作られ　c. 誘われ）ても、ダイエット中の私にはうれしくないわ。

十二、『仕事』に関して、a～cの内から適切なものを選びなさい。

1. 一生続けられるような仕事が（a. 望む　b. したい　c. ありたい）。
2. 五時まで仕事が（a. やる　b. なる　c. ある）から、五時半にいつもの所で会おう。
3. いくら（a. できても　b. やっても　c. 勤めても）仕事が終わらない。
4. 何度も足を運んだかいあって、○○会社から仕事が（a. できた　b. もらった　c. 入った）。
5. 仕事に精を（a. 出す　b. 入れる　c. する）のはいいが、働き過ぎて体を（a. 倒さ　b. 壊さ　c. つぶさ）ないように気をつけなさい。

十三、次の文の――の漢字の読みかたを（　）に書きなさい。

多くの通勤客が通るこの通りは、駅に通じる近道です。車は通れませんので、小学生が

1.（　）　2.（　）　3.（　）

学校に安全に通える道の一つでもあります。

4.（　）

歯の治療は金曜日の十時に来てください。もし都合で来られない時はお電話ください。

5.（　）　6.（　）

7.（　）

さっきまで泣いていた赤ちゃんが、母親に抱かれるとすやすや眠ってしまった。

8.（　）

年老いた両親を抱えている娘も、六十歳を過ぎていた。

9.（　）　10.（　）

生まれたばかりの赤ちゃんには、産毛《うぶげ》が生えている。

11.（　）　12.（　）

タクシーの自動ドアが開くと、女の子が降りてきて真っ赤な傘《かさ》をぱっと開いた。

13.（　）　14.（　）

今月中に部屋を空けなければならないので、荷物の整理をしたらお腹が空いた。

15.（　）

十時には店を開けなければならない。

十四、次の文の――の名詞を動詞にして（　）に入れなさい。

例　夜更《よふ》けになるとふくろうが鳴く。↓　夜が（更ける）とふくろうが鳴く。

1. うさぎチームの勝ちだった。↓うさぎチームが（　）。

2. このペンキは乾きが早い。↓　このペンキは早く（　）。

3. これは今はやりの歌だ。↓　この歌は今（　）ている。

4. 猫《ねこ》のお化《ば》けが出た。↓　猫が（　）て出た。

5. 電話で友達の死を知らされた。↓　電話で友達が（　）と知らされた。

6. 勝《まさる》はます釣りがうまい。↓ 勝はますを（　）のがうまい。
7. この荷物は扱いに注意してください。↓ この荷物は注意して（　）てください。
8. 10を3で割ると余りは1である。↓ 10を3で割ると1（　）。
9. 祖父母《そふぼ》は楽な暮らしをしている。↓ 祖父母は楽に（　）ている。
10. 美しい結びの帯。↓帯を美しく（　）。
11. 雨降りの日はバスが遅れる。↓ 雨が（　）とバスが遅れる。
12. 引っ越しは十日だ。↓ 十日に（　）。
13. 胃《い》の痛《いた》みがひどい。↓ 胃がひどく（　）。
14. 列車は十分遅れとなります。↓ 列車は十分（　）ます。
15. 親を頼《たよ》りにしている大学生。↓ 大学生は親を（　）ている。

十五、次の文の——の動詞を、他の動詞を使って、反対の意味に書き換えなさい。

1. 病人の熱が上がる。↓
2. 電車が混む↓
3. 夏休みまで定期がある。
4. 川の水が澄む。↓
5. 最近太ってきた。↓
6. 宝くじが当たった。↓
7. そのひかり号は新神戸《しんこうべ》を通過した。↓
8. 台風が直撃した。↓

9. ガスにやかんをかける。↓
10. 寿司《すし》のわさびを効かす。↓
11. 殺人犯が逃げた。↓
12. 地面が湿る。↓
13. 日本酒を冷やす。↓
14. 電力が不足する。↓
15. コートを着る。↓

十六、傍線の受身形の使いかたに不自然な文があれば（　）に×印をつけなさい。

（　）1. 息子に死なれて、生きる気力を無くした。
（　）2. いきなり今うかがわれても、すぐお返事はできません。
（　）3. 旅行者に通訳をしてあげたら、このペンダントをくれられた。
（　）4. 雨に降られて、ピクニックに行けなくなった。
（　）5. ジェットコースターに乗って、目が回された。
（　）6. 夏休みも取らずに働いたから、旅行費がためられた。
（　）7. 脱線事故のため、途中で降ろされて大変な目にあったよ。

十七、次の文の（　）に適切な動詞を入れなさい。指示があるときは《　》から選んで、適切な形にして使いなさい。

1. 私は弟と三つ年が（a.　　）ている。このみそは三年（b.　　）たものです。

a．b．《置く・たつ・離れる》

2．靴《くつ》をぴかぴかに（a．　　）。靴がぴかぴかに（b．　　）。稲妻《いなずま》がぴかっと（c．　　）。

a．《光る・する・なる》　b．《する・なる》　c．《光る・落ちる・なる》。

3．松があおあおと（a．　　）。久しぶりに晴れて空があおあおと（b．　　）ている。

a．《出る・晴れる・茂る》　b．《晴れる・する・なる》

4．桜の花びらがはらはらと（a．　　）。事故を起こさないかとはらはら（b．　　）。

a．《咲く・散る・する・なる》　b．《散る・する・なる》

5．源氏物語《げんじものがたり》をすらすらと（a．　　）。枕草子《まくらのそうし》がすらすらと（b．　　）。《読む》

6．春雨《はるさめ》がしとしとと（a．　　）。雨のしずくの音が（b．　　）。

a．《止む・降る・する》　b．《する・なる・降る・鳴る》

7．回転木馬がぐるぐる（a．　　）。たいまつをぐるぐる（b．　　）。《回る》

8．道路が渋滞していらいら（a．　　）。渋滞すると約束の時間に間に合わなく（b．　　）。

a．b．《感じる・遅れる・する・なる》

9．犬がぼくの手を（a．　　）だ。ぼくは犬に手を（b．　　）た。《かむ》

10．次郎《じろう》は祖父母《そふぼ》にかわいがられて（a．　　）た。三郎《さぶろう》は叔母《おば》に（b．　　）られた。

a．b．《育つ・育てる》

11．電車のつり革をしっかり（a．　　）ていた。知らない男に手を（b．　　）られた。

a．b．《握《にぎ》る》

12．私はよく子どもに（a．　　）。a．《見る・見える・見られる・見させる》

この子は体格がいいので、もう子どもには（b．　　）ない。b．《見る・見える・見させる》

13. 母に（a.　　）買い物に行く。　子どもを（b.　　）買い物に行く。
a. b.《つく・連れる》
14. 今年は花柄《はながら》の服が（a.　　）ている。今流感《りゅうかん》が（b.　　）はじめた。《はやる》
15. 本社を東京に（a.　　）ことにした。子どもにかぜが（b.　　）ないように気をつける。
a. b.《かかる・移る・移す・なる》

十八、次の文を例にならって指示された形にしなさい。
例　ローソクを消す。↓（使役）ローソクを消させる
1. 窓を開ける。↓（使役の受身）
2. 富士山の頂上で雨が降った。↓（受身）
3. 今日は五時に帰る。↓（可能）
4. 丸木橋を渡る。↓（使役）
5. 松が枯れる。↓（他動詞）
6. 重労働をやる。↓（使役）
7. 子どもに服を着させる。↓（他動詞）
8. 水を飲む。↓（可能）この水は（　　　　）。

語彙索引

（　）内は自・他動詞、その他の動詞の説明の頁数です。

外国人のための日本語
例文・問題シリーズ3

『動詞』練習問題解答

Aグループ

練習問題〔一〕

一 1．し　2．すれ　3．し　4．する　5．a し　b する　6．し　7．し　8．し　9．さ　10．しろ（せよ）

二 1．ここから上野まで歩くことができますか。2．ウィリアムさんは納豆が食べられる。（食べれる）3．僕は一人で田舎のおばあちゃんの家に行ける。4．車が壊れたけれど、すぐに修理ができますか。5．美佳さんはダンプカーを運転することができる。6．釧路平野では美しい鶴が見られる。（見れる）7．明日八時までに学校に来られますか。（来れますか）8．このビンのふたが開けられますか。（開けれますか）

三 1．イ　2．ロ　3．ロ　4．ハ　5．イ

四 1．髪の毛がだんだん少なくなる。2．会社を無断で休んだので、辞めさせられた。3．酒を飲むと顔色が赤く変わる。4．麻薬は一度始めると、やめることができない。5．あの事故からもう十年が過ぎました。（十年たちました）6．牛乳に乳酸菌を入れたらヨーグルトに変わった。7．秋にはもみじの葉が赤い色に変わる。8．庭の柿の木に柿の実がついた。（柿がみのった）

五 1．ハ　2．ニ　3．ホ　4．イ　5．ロ

六 A　1．し　2．する　3．なった　4．する　5．なった／なる　6．した／する　7．なっ　8．なり　し　9．やる　10．なった／なっている

B　1．でき　2．する　なり／し　3．なり／し　4．なる　5．し　6．やり／し／でき　7．でき　8．やっ．

て　9．できた　10．でき

練習問題〔二〕

一　1．b　2．b　3．b　4．c
5．a　6．b　7．c　8．b

二　1．出　2．出し　3．入る　4．
出　5．出る／出た　6．入る　7．
入れ　出　8．出し　9．入る　入れ
10．出　11．出　12．出る／出た　13．
入り　14．入れ　15．出

練習問題〔三〕

1．ニ　2．チ　3．ト　4．ホ　5．
リ　6．イ　7．ヘ　8．ヌ　9．ロ

練習問題〔四〕

5　1　4　2　8　3　6　7

練習問題〔五〕

1．イ　2．ハ　3．イ　4．イ　5．
イ

練習問題〔六〕

A．3　1　5　2　4　B．4
3　5　2　1

練習問題〔七〕

1．b　2．b　3．c　4．c　5．
b　6．a

練習問題〔八〕

1．b　2．b　3．c　4．a　5．
b　6．b

練習問題〔九〕

A．5　B．9

練習問題〔十〕

一　7　3　5　2　6　8　4　1

二　1．b　2．a　3．b　4．c
5．b　6．a　7．c　8．a　9．
c　10．a

練習問題〔十一〕

一　3　6　1　2　7　5　4

練習問題〔十二〕

1．ひく　2．抜い　3．かれ　4．
抜き　5．抜い　6．ひき　7．ひい
8．抜い

Aグループ練習問題

一　1．ハ　2．イ　3．ロ　4．ハ　5．イ　6．
ロ　7．ロ　8．ハ　9．ハ　10．イ

二　1．ロ　2．ロ　3．イ　4．ハ　5．イ　6．
aハ　bロ　7．aロ　bイ　8．aロ　bロ

三　1．かけ　2．つけて　3．かけた　4．切れ
て　5．かける　6．抜いて　7．切り
8．抜けて　9．取って　10．抜いて　11．か
かって　12．切った

四　1．水道の水を止めてください。
2．自動車のエンジンをかけてください。
3．壁に写真をかける。

4. 芦野さんの天気予報はよく当たる。
5. この犬の耳は立っている。
6. お皿を出してください。
7. 哲郎は証券会社を辞めた。
8. 恋人と六本木で会った。
9. 光一の今学期の成績は上がった。
10. 新宿のネオンサインがついた。
11. 雨が降る。
12. 直美さんはピアノの発表会であがった。

五

1. 事故をする→事故を起こす　2. ○
3. シャワーを洗います→シャワーを浴びます
4. たばこをしません→たばこを吸いません
5. 塩分をすると→塩分をとると　6. 不合格した→不合格となった　7. ○　8. ○
9. 実ができている→実がなっている　10. 天気が悪くした→天気が悪くなった

第一章　社会生活

練習問題〔一〕

一　1. c　2. b　3. b　4. a　5. b

二　1. a伝えて　2. a話して　3. cしゃべる　4. bねだら　5. b望ん　6. bそらす（aは見たくない時の動作）7. c避け

三　1. A b B a　2. A b B c　3. A a B b　4. A a B b

四　1. あげ　2. あげ　3. さしあげ（第十巻『敬語』63頁を参照）4. いただき　5. いただきま（『敬語』24頁参照）

五　1. くださら　2. ください　3. もらえ　4 いただき　5. ちょうだいして　6. ちょうだいでき　7. ちょうだいした（事情に応じて異なった表現がある。例＝是非お譲り頂きたく、お願い申し上げます。『譲る』には『売る』意味も含まれている）

六　1. 教わり　教え　2. 褒められ　叱られ　3.

励ん 就いた 4. 定められて 守ら 5. 構う 逃げる

七 1 a 2 3 a 4 a 5 a

八 1 d 2 a 3 b 4 e 5 c

九 1 c 2 a 3 a (役職名＋に就任する ＝ ～のポスト／座に就く) 4 b 5 c 6 a 7 a 8 a 9 b 1 c

十 1. 社長の座に就いた。2. (裁判に) 訴えた 3. 学び 4. 従って／付いて 5. 逆らって

十一 1 c 2 f 3 d 4 a 5 g 6 b 7 e

第二章 日常生活

練習問題〔二〕

一 1. d 2. a 3. c 4. b 5. b 6. c 7. b 8. c 9. a 10. c 11. d 12. b

二 1. a 2. d 3. c 4. b 5. b 6. a 7. d 8. c

三 1. d 2. b 3. h 4. d 5. a 6. g 7. e

四 1. 使わ 2. 扱って 3. 転ん 4. 追って 5. またい 6. 踏ま 7. はって

五 1. ある 2. いる(いた) 3. ある(あった) 4. いる(いた) 5. い(あり) 6. いる(いた) 7. あった 8. ある 9. いる 10. いる 11. あり 12. いる 13. いる(いた) 14. ある 15. い

六 1. 含まれて 2. 凝った 3. 劣って 4. 濁り 5. さびた 6. 澄んで 7. もた

七 1. 濁って 2. もた 3. そびえて 4. 優れた 5. とがって 6. 飽き 7. 似て 8. 含まれて

八 1. ロ 2. イ 3. ハ 4. ハ 5. イ 6. ハ 7. イ 8. ロ 9. ハ 10. ロ

九 1. 足り 2. 返す 3. 計る 4. 済ん 5. 急い 6. 外れ 7. 並べ 8. 比べ 9. 過ぎ 10. 巻い

十 1. 乗って 2. 渡って 3. 止めて 4. 混んで 5. 買った 6. 出て 7. 空いて 8. 数えて 9. 止まった 10. 使える

十一 1. a着て bかぶって 2. aはいて bか

ぶって 3．a はいて b はい 4．a 着て b
しめ 5．a 着て b しめ 6．a かぶって b
はめて c つけ 7．a かぶって かぶり b
かけて 8．a 着て b はい 9．結ぶ 10．b
はき

十二 1．飲む 2．かんで 3．なめて 4．か
じり 5．吸う 6．飲ま

十三 1．b 2．d 3．a 4．d 5．c
6．d 7．a 8．b 9．c 10．b 11．
a 12．c 13．d 14．a 15．b

十四 1．作る 2．きざん 3．作って 4．盛
って 5．混ぜて 6．作り 7．造 8．は
さん 9．温め 10．冷やし

十五 1．借りる 2．磨い 3．借り 4．ふい
た 5．貸し 6．塗 7．掃い 8．直し

十六 1．歌う 2．たたいて 3．吹き 4．弾
く 5．写さ 6．描いて 7．書いて 8．
吹く

十七 A 1．泳げる 2．滑る 3．負け 4．編
む 5．生け 6．賭け B 7．配っ 8．登
っ 9．焼い 10．詠み 11．もらっ 12．回

第三章 精神と身体

練習問題〔三〕

一 A．2 5 4 1 3 B．4 2 5
1 3

二 1．e 2．c 3．f 4．a 5．b 6．
e 7．g 8．h

三 A 1．e 2．c 3．f 4．b 5．d
6．a B 1．d 2．c 3．f 4．
a 5．e 6．b

四 1．b 2．c 3．a 4．c 5．b 6．
a 7．b 8．c 9．a 10．c

五 1．g 2．c 3．d 4．e 5．a 6．
b 7．f

六 1．はげて 2．切ら 3．かいた 4．かく
5．はく 6．みがき 7．空いて 8．生や
した 9．のびる 10．亡くした

七 1．c 2．a d 3．b d 4．d 5．
a 6．b 7．c 8．c 9．d 10．a

八 1．b 2．c 3．a 4．c 5．b 6．

c　7．c　8．b　9．a　10．c　11．b
12．a

第四章　移動・変化

練習問題〔四〕

一　1はじまっ　2はじまっ　3はじめ　4はじめ　5おわっ　6あけ　7おえ　8おわり　9あく　10ひらき　11あける　12ひらい　13とじる　14とじる　15しめ

二　1a　2a　3b　4．b　5b

三　1．行く／行こう／行くよ／行きます　のどちらか　2．来　3．来る、行か　4．来た、行き　5．行き

四　1．増え　2．増やす　3．減って　4．減らす　5増えない／増えません

五　1．変える　2．換えた　3．替わる　4．化ける　5　代わっ

六　1a集まっ　2b群がっ　3aつないだ　4b集まっ　5a並べ　6b戻っ　7b散らばっ　8b寄る

七　1c閉じ（＝すぼむ。しぼむ＝しおれる）2c開く　3a明ける　4b空け　5c完了し　6b果たす　7b届い　8a届く　9b延び　10b縮まっ

八　1d　悲しみや痛みの表情　2b　焦点が合っていない。話の本筋から離れている　3a　経済的に衰える。家が落ちぶれる　4c　恥をかかせた。面目を失わせた　5e　結婚の話が取り消された。

第五章　知的活動

練習問題〔五〕

一　1．思う（意見）2．考えて（継続）3．考える（責任者として感情だけでは済まない）思い（感情）4．考えて（計画的）5．考える、思い（判断）6．考え（可能性）7．思い（願望）

二　1　a（理解力だけでなく分別力を働かす）2b（歓迎できないことを計画する）3　a（予想よりもむしろ現状を了解して）4b（理

解できる) 5 a (考え、実行に向かって進める。「企てる」は計画を立てる)

三 1 調べられる 2 × 3 認められません 4 × 5 × 6 解ける/解けた 7 まとめられれば 8 収められる 9 ×

四 1 分かっ 2 分かり 3 知っ 4 分かり(理解) 5 知る

五 1 a 2 c (不可能であることを強調) 3 c 4 a (慣用的に使う。「持ってくるのを~」の簡略) 5 a

六 1 に分かれて 2 を決め 3 がまとまり 4 が/を+整えられない 5 が収まる

七 1 c 2 b 3 c 4 a 5 b

八 1 b 2 b 3 a 4 b 5 a

第六章 自然

練習問題〔六〕

一 A 1. 晴れた 2. 降り 3. 積もる 4. 止んだ 5. くずれる 6. 降る B 7. 吹く 8. 当たる 9. 引く 10. 更けて 11. 暮れる 12. 荒れる

二 1. 風が止む 2. 氷が溶ける 3. 返す波 4. 月が欠ける 5. 潮が引く 6. 日が沈む 7. 夜が更ける

三 1. 咲かせる 2. 育つ 3. 落ちた 4. 生える 5. 茂る 6. 散る 7. まいた 8. しなびて

四 1. 飼って 2. かえる 3. 生える 4. 育てる 5. つかまえる 6. ほえる 7. 鳴く 8. やる

第七章 総合問題

一 1. 通す 2. かける 3. 留める 4. 鳴らさ 5. して 6. 押して 7. して 8. し 9. する 10. して 11. 入れ 12. とり 13. 受け 14. とる

二 A 1. する 2. 取ってし 3. なっ 4. でき 5. 当たる 6. かけた 7. 出して 8. し 9. なり 10. かか B 1. かけて 2. かかる 3. 合っ 4. 上げる 5. 抱え

C 1．すれ　2．つい　3．切る　4．下がら　5．取った

三
1．c　2．a　3．b　4．c　5．b　6．a　7．c　8．b　9．a　10．c

四
1．あっ　2．持つ　3．いる　4．あれ　5．持って　6．あれ　7．い　8．持ち　9．い　10．あった　11．いる　12．持って　13．あり　14．い　15．あって

五
1．モランさんに会ったら、よろしく言ってください。
2．彼に初めて会った時から気が合って親友になった。
3．山田さんという人が今日来ましたが、知っていますか。　いいえ、知りませんが
4．パーティにだれを呼んだら良いと思いますか。
5．この仕事を断れば、この後仕事が入らないだろう。
6．大事な情報を課長に伝えなかったので、とがめられた。
7．合って間もなく、彼女は私を家に招いて、両親に紹介した。
8．伯父を頼ってアメリカに行きます。
9．祖父は年金に頼って暮らしている。
10．あの人をお金で助けようとしたが、断られた。

六
1．行く　2．来る　3．a行って b来　4．a行った b行き　5．a行って b来た　6．a来 b行って　7．a行く　b来い　8．a来た b行って　9．a行く b来　10．a来 b行　11．a来る b来て　12．来る　13．行った／行く　14．来る　15．来て

七
1．b　2．a　3．b　4．a

八
1．めて　2．まっ／まりまし　3．いて　4．けて　5．こえいた　6．いて　7．す　8．る　9．え　10．わっ

九
(一) 1．読む　2．読まれ　3．読める　4．読ませる　5．読ませられる　6．読まされる
(二) 1．飛ぶ　2．飛ばす　3．飛ばされ　4．飛ばせる　5．飛ばさせる　6．飛ばさせられた
(三) 1．聞く　2．聞かれ　3．聞け・聞こえ　4．聞かせ　5．聞かせられた

聞かされた　（四）1．来る　2．来さす　3．来られる　4．来られる（来れる）　5．来させ
（五）1．する　2．され　3．できる　4．させ

十　1．他動詞　2．可能　3．他動詞　4．使役　5．他動詞　6．可能　7．受身　8．可能　9．使役　10．受身

十一　1．c　2．b　3．c　4．b　5．a　6．b　c　7．a　8．b　9．c

十二　1．b　2．c　3．b　4．c　5．a　b

十三　1．とお　2．つう　3．とお　4．かよ　5．き　6．こ　7．だ　8．かか　9．う　10．は　11．あ　12．ひら　13．あ　14．す　15．あ

十四　1．勝った　2．乾く　3．はやっ　4．化け　5．死んだ　6．釣る　7．扱っ　8．余る　9．暮らし　10．結ぶ　11．降る　12．引っ越す　13．痛む　14．遅れ　15．頼っ

十五　1．病人の熱が下がる。　2．電車が空く。　3．夏休みまでに定期が切れる。　4．川の水が濁る　5．最近やせてきた。　6．宝くじが外れた。　7．そのひかり号は新神戸に止まった。　8．台風がそれた。　9．ガスからやかんを下ろす。　10．寿司のわさびを抜く。　11．殺人犯をつかまえた。　12．地面が乾く。　13．日本酒を温める　14．電力が余る。　15．コートを脱ぐ。

十六　×印は2　3　5　6

十七　1．a離れ　b置い　2．aする　bなる　c光る　3．a茂る　bし　4．a散る　bする　5．a読む　b読める　6．a降る　bする　7．a回る　b回す　8．aする　bなる　9．aかんだ　bかまれた　10．a育っ　b育て　11．a握っ　b握　12．a見られる　b見え　13．aついて　b連れて　14．aはやっ　bはやり　15．a移す　b移ら

十八　1．窓を開けさせられる。　2．富士山の頂上で雨に降られた。　3．今日は五時に帰れる。　4．丸木橋を渡らせる。　5．松を枯らす。　6．重労働をやらせる。　7．子どもに

服を着せる。

8．この水は飲める。

外国人のための日本語 例文・問題シリーズ3 『動詞』練習問題解答
監修：名柄 迪　　著者：岩岡登代子・岡本きはみ
〒101 東京都千代田区神田神保町 2-34 ☎03(3262)0202 荒竹出版株式会社

著者紹介

岩岡登代子（いわおか・とよこ）
学習院大学国文学科大学院修士課程終了。上智大学で日本語教授法を学ぶ。ニュージャージー州公立学校で日本語と日本文化を教える。

岡本きはみ（おかもと・きわみ）
同志社大学英文学科卒業。上智大学で日本語教授法を学ぶ。現在翻訳業。

外国人のための日本語例文・問題シリーズ3

動詞

平成五年十月二十五日　印刷
平成五年十一月五日　初刷

著者　岩岡登代子
　　　岡本きはみ
発行者　荒竹勉
印刷／製本　中央精版印刷

発行所　荒竹出版株式会社
東京都千代田区神田神保町二−三四
郵便番号一〇一
電話　〇三−三二六二−〇二〇二
振替（東京）二−一六七一八七

（乱丁・落丁本はお取替えいたします）

ISBN4-87043-203-X　C3081

定價：150元

發 行 所：鴻儒堂出版社
發 行 人：黃 成 業
地　　址：台北市城中區10010開封街一段19號
電　　話：三一二〇五六九、三三一一一八三
郵政劃撥：〇一五五三〇〇～一號
電話傳真機：〇二～三六一二三三四
印 刷 者：楨文彩色平版印刷公司
電　　話：三〇五四一〇四
法律顧問：蕭 雄 淋 律 師
行政院新聞局登記證局版台業字第壹貳玖貳號
中華民國八十二年十二月初版